文學新象 268

ALL SYSTEMS RED & ARTIFICIAL CONDITION

厭世機器人

I

—系統異常自救指南—

瑪 莎・威 爾 斯
M a r t h a   W e l l s

翁雅如——譯

高寶書版集團

推薦序

《火星任務》知名譯者 翁雅如

能夠負責《厭世機器人》這個系列的翻譯，對我來說是滿足了很大的私心。主要的原因要從我做科幻小說翻譯的這條路開始說起。

我翻譯的第一本科幻小說，運氣很好接到了很受歡迎的《火星任務》。這是一本完全以人類太空人角度出發、講述獨自受困火星的故事。裡面所有的太空與科幻細節，奠定了我翻譯科幻小說的的基礎。過了幾本書之後，有幸接到《星謎檔案》系列作的任務，從這個故事開始，主題進入了人類與人工智慧的互動，讓我跟著思考人工智慧的自主思考可能性。人工智慧到底是不是有能力對人類產生情感，是不是也應該被視為生命一樣的看待呢？

到了《厭世機器人》系列，主角成了人工智慧，是機器人結合人類有機部位打造出來的「合併體」。這個故事思考的方向，全然切換到了非人類的角度，在故事裡面可以看到很多身為高智慧機器人與人類之間的矛盾。主角「殺人機」即便能力和智慧都遠高過人類，卻仍要處處受制人類的想法和意願。機器人所做的一切讓步，都只是為了活下去，都只是為了不要引起注意，把平凡（且漫長）的日子過完。機器人或合併體的產生，並非自願，然而因為它們與人類的差異，卻使得平淡生活變得如此遙不可及。我在這裡隱約看見了異性戀以外的那個圈子的影子，還有移工在異國的困境。

在這種無人了解心境的處境下，主角對人類產生的各種情感，到底是先天編碼在它們心裡留下的一塊柔軟，還是後天與人類相處而發展出來的呢？換作是人類，又有多少人能夠釋懷長期的打壓，將之轉換為生活下去的力量呢？我想到了我們的唐鳳。

這樣的故事讓我在翻譯的過程中，反覆地思考這系列裡最先表達對機器人與合併體的同理心的角色——曼莎博士所說過的話。她認為，為求功能表現，將合併體的智能與感知調高，是一件很不道德的事。這個言論出自於她對合併體的同情，然而聽在合併體主角耳中，想必是五味雜陳的吧。「難道我受的苦，都是因為我太聰明了嗎？愚笨一點的機器人，受到這樣的對待，就會毫無所謂了嗎？」不知道它會不會這麼想呢。

同理心從來沒有離開過這個故事的軸心。主角殺戮機器人擁有超高智慧與能力，然而面對任何低端的機器人，它也總是先採取溝通與說服的手段，若非必要，絕對不輕易複寫對方的記憶，也不隨意強取對方的自主能力。我彷彿在故事裡看見最初西方國家開始殖民的世界，蓄奴的快速形成，與遠遠太過緩慢的廢奴革命，那一場又一場追求平等與人權所觸發的無數矛盾與戰爭。忍不住要問問自己，為什麼那麼多人會覺得自己比對方高等，所以就能夠決定對方的人生定義呢？

這本書裡面，我們的主角殺人機兩次不同的「客戶」都對它說過「我不會拋棄你的」，我們對於外表相似於自己的對象能產生出來的情感，是那麼的自然且善良。所有應該要理性的決定，就在那個不能理性分析的情感上頭被難倒了。

機器人，到底只是機器，還是人？我們是不是仍然可以覺得，事到緊要關頭，關機就好？不要說這麼科幻的情節，即便是現實生活之中，不也就能見到飼養的寵物年老生病，有人能夠決定安樂死對寵物是最後的溫柔，有人則認為我們無權替動物做生死抉擇，還有許多什麼都沒想，純粹沒有辦法放下的飼主。像這樣的辯論，我認為永遠不會有解答。那麼，換成了人工智慧，人類擁有絕對的權力時，拿捏的標準在哪裡？因為這本故事，我把這些問題嚼了又嚼，咀嚼肌都健壯了起來。寫下來與各位分享，也很期待這再真實不過的科幻難題，也能去虐一虐各位的大腦咀嚼肌。

本書為虛構作品，小說中所有角色、機構和事件皆出自於作者的想像，或僅為虛構情景使用所捏造。

第一部

全面警報

ALL SYSTEMS RED

1

在我駭進自己的控制元件後，原本可以就此成為瘋狂殺人魔，但我突然發現自己可以連上公司衛星的娛樂頻道訊號。於是，自那以後已經超過了三萬五千小時，這段時間我沒幹掉多少人，倒是——大概啦，我也不知道——幹掉了近三萬五千小時分量的電影、影集、書、舞臺劇和音樂。

身為一臺無情的殺戮機器，我實在是失敗透頂。

我也還是有在工作，比如現在這份新合約。希望沃勞斯古博士和芭拉娃姬博士可以快點把勘測工作做完，讓大家收工撤退，我就可以接著看《明月避難所之風起雲湧》第三百九十七集了。

我承認我分心了。到目前為止，這份合約的工作內容一直很乏味，我正在考慮要不要把狀態警報的頻道關掉，看看這樣能不能連上娛樂頻道聽音樂，同時避免在居住艙系統中留下額外的連線紀錄。要在野外這麼做，可比在活動區時棘手多了。

這一趟的勘測區域是座一望無際的海島，可見低矮的山丘起伏，覆蓋著厚厚一層墨綠野草，高度差不多到我的腳踝。除此之外，這裡沒什麼花草或動物，只有一群大小不一、外觀像鳥的生物，還有一些蓬鬆的漂浮物體，就我們所知沒有什麼傷害性。沿著海岸線，有一些光禿禿的巨型坑洞零星散布著，沃勞斯古博士和芭拉娃姬博士就在其中一座巨坑之下採集樣本。這顆星球被行星環圍繞，從我們此刻的位置往海面望去，可以看見行星環占據了整個地平線。

就在我眺望天空，一邊在腦海裡對訊號源動手腳的時候，巨坑底部爆炸了。

我直接跳過口頭緊急通報的步驟，用身上的攝影機把現場畫面傳給曼莎博士，然後一腳跳下巨坑。我踉蹌地沿著砂質斜坡滑下去，曼莎博士馬上在緊急通訊頻道大吼，要某人快點把接駁艇升空。他們在海島的另一端工作，大概離我們十公里遠，不可能來得及趕來幫忙。

各種相互衝突的指令湧入，但我沒有理會。就算我沒有破壞自己的控制元件，緊急頻道的指令還是最優先，但那上頭也是一團混亂：全自動運行的居住艙系統要我提供數據，又想傳我還不需要的數據過來，還有曼莎博士從接駁艇上發來的遙測信號，這也是我不需要的東西。不過比起居住艙系統同時要我回答問題、又想自己塞答案給我的情況來說，忽略曼莎博士的指令容易多了。

就在這一片混亂中，我抵達了巨坑底部。我的兩臂有內建小型能源武器，但我選了扣在背上的發射型武器。剛從地面衝出來的攻擊者有張非常大的嘴，我覺得自己需要一把非常大的槍。

我把芭拉娃姬從攻擊者嘴裡拔出來，換把自己塞進去，先是對準牠的喉嚨發射武器，接著往上朝著我希望是腦袋的位置補一發。我不確定是不是照這個順序進行，晚點得看看攝影機的錄影才會知道了。我只知道芭拉娃姬在我手上，不在牠手上，而且牠已經從地道逃走，不見蹤影。

芭拉娃姬失去意識，鮮血滲透工作服，來自她右腿和身側的嚴重傷口。我把武器扣回背後，空出雙臂抱起她。我失去了左臂盔甲和盔甲底下的大部分組織，但是我身上的無機部位仍然能運作。

我的控制元件又傳來一連串指令，我連解碼都沒有就把訊號擋下來。身上沒有無機部位的芭拉娃姬無法像我一樣輕易修復，這絕對是現場最該優先處理的狀況，我只在意醫療系統想透過緊急通訊頻道告訴我的資訊。不過首先，我得帶她離開巨坑。

在這段期間，沃勞斯古縮在一塊翻倒的大石頭上，嚇得屁滾尿流——我並不是不同情他。我的脆弱程度遠低於他，即使如此，遇上這款突發狀況也不能說是輕鬆通過。

我開口：「沃勞斯古博士，你必須跟我走。」

他沒有回應我。醫療系統建議我注射鎮定劑**之類之類的**，但我一隻手臂緊緊夾著芭拉娃姬博士的工作服，以免她失血過多，另一隻手臂則撐著她的頭。情況再怎麼危急，我就只有兩隻手。我下指令讓頭盔自動收攏，露出我的人類外觀。

若此時攻擊者再冒出來咬我，這麼做就會是個爛決定，因為我確實需要頭部的有機部位。

我讓聲音聽起來堅定、溫暖又溫柔，然後說：「沃勞斯古博士，會沒事的，好嗎？不過你得先站起來，過來幫我一把，好帶她離開這裡。」

這個方法奏效了。他勉強站起身，搖搖晃晃地走過來，全身依舊顫抖不已。

我把身體完好的那一側轉向他，對他說：「抓住我的手臂，好嗎？抓緊了。」

他想辦法勾住了我的臂彎，我拖著他、把芭拉娃姬抱在胸口，開始爬上坑口。她的呼吸又急又重，而我從她的工作服上完全無法獲取任何資訊。我的工作服在胸口處被扯破了，所以我提高體溫，希望這樣能多少幫上一點忙。

通訊頻道現在終於靜下來了，曼莎利用管理職的權限把醫療系統和接駁艇以外的頻道都消音，而在接駁艇的頻道裡我只聽見其他人瘋狂互噓、要對方安靜。

坑壁的地質很鬆散，盡是散沙和礫石，但我的雙腿沒有受損，抵達地面的時候兩名人類都還活著。沃勞斯古想直接癱在地上，我好說歹說地把他帶到離坑口幾公尺遠的地方，以防下面那頭不知道是什麼的東西有著外表看不出來的長觸手。

我不是很想把芭拉娃姬放下，因為我腹部受了嚴重的損傷，不確定自己能不能再次把她抱起來。我回放了一小段攝影機畫面，發現我是被一根可能是尖牙或纖毛的東西刺中。那個是叫纖毛嗎？還是其實是其他東西？除了殺戮教學之外，沒有替殺人機安裝其他適當的教育元件，就算是殺戮教學的元件也只是一些廉價的版本。正當我在控制中心的語言區裡檢索的時候，一臺小接駁艇在附近現身。看著接駁艇在草地上降落，我再次展開頭盔並扣合密閉，然後切換成不透明模式。

我們有兩款標準接駁艇：大臺的用於緊急事件，這種小臺的則用來往返勘測地點。接駁艇上有三個內艙，中間的大艙給人類成員使用，左右兩側的附艙則用來載貨物、補給品和我。

曼莎人在駕駛座。我開始往前走，腳步比平時還緩慢，因為我不想手滑放開芭拉娃姬。艙門開始下降，李蘋和亞拉達從艙內跳出來，我切換到語音通訊器說：「曼莎博士，我不能放開她的工作服。」

她愣了一下才明白我的意思，急忙說：「沒關係，把她帶上來組員艙。」

規定上殺人機不能與人類同艙，我必須獲得口頭批准才能進入。雖然被駭過的控制元件阻止不了我，但是確保沒有人——尤其是持有我的工作合約的人——知道我早就是自由身，這點還是滿重要的。跟確保我的有機部位不被摧毀、身體各部位也不會被拆成零件一樣重要。

我抱著芭拉娃姬走上艙門斜坡，進入組員艙，只見歐芙賽和拉鎂正急急忙忙地把座位拆下來讓出空間。他們的頭盔都拿下來了，工作服的連帽掛在背上，所以當他們見到我扭曲盔甲下僅剩的上半身的時候，我看得見他們的驚恐神情。

我很慶幸自己剛剛關上了頭盔。

這就是為什麼我其實喜歡待在貨艙。人類和強化人在狹小空間裡與殺人機近身互動實在是太怪了。至少對這個殺人機來說很怪。我往地板一坐，芭拉娃姬靠在我的大腿上，李蘋和亞拉達則把沃勞斯古拖進艙內。

我們把兩組實驗設備和幾樣器材留在現場，東西都還在芭拉娃姬和沃勞斯古下坑底採集樣本前待的草地上。通常我會幫忙把東西搬上來，但是醫療系統透過芭拉娃姬殘存的工作服監測到的資料已經清楚說明，現在放開她絕對是個壞主意。

但是，也沒有人提設備的事。在緊急事件之中，拋棄可輕易替換的物件是再自然不過的反應，不過我也曾遇過客戶在合約中規定我該放下正在流血的人類去把設備搬回來。

這次則是拉銻博士跳起來說：「我去搬箱子！」

我大喊：「不！」我實在不該這麼做，對客戶說話時，我必須永遠保持尊重的態度，就算眼看他們就要害自己送命也一樣。居住艙系統會紀錄這件事，而這紀錄可能會導致控制元件傳來懲罰——前提是控制元件若沒被駭的話。

幸運的是其他人類也同時大喊：「不！」

李蘋還接著說：「搞屁啊，拉鎊！」

「噢，沒有時間了，也是，對不起！」拉鎊連忙輸入快速閉門程序。

於是當敵方從艙門斜坡下方張開血盆大口、用滿嘴尖牙或纖毛之類的東西咬爆地面衝出來的時候，我們才得以保住艙門。接駁艇的攝影機拍到了很不賴的畫面，系統馬上將畫面完整地傳送給每個人。人類全都放聲尖叫。

曼莎起飛的速度之快、力道之大，差點讓我整個人往後一倒，本來不在地板上的其他人，最後也全在地上東倒西歪。

在所有人默默無語、只覺鬆了口氣的時候，李蘋說：「拉鎊，如果你害自己沒命——」

「妳絕對不會饒了我，我知道。」只見拉鎊從牆面往下滑了一點，虛弱地朝她揮揮手。

「這是命令，拉鎊，不要害自己送命。」曼莎坐在駕駛座上說。她的聲音聽起來很冷靜，但因為我有維安權限，可以從醫療系統看見她的心臟狂跳。

亞拉達拿出緊急醫療箱來止血，試著穩定芭拉娃姬的狀況。我盡可能讓自己表現得像臺機器，聽他們的指令夾住傷口、利用自己瀕臨失溫的體溫替她保暖，並且低著頭，不去看他們盯著我的樣子。

效能 60%，持續下降中。

我們居住的活動區設施是基礎款，有七棟相連的宿舍，電源和回收系統接在旁邊，整體位於狹窄的河谷上方一處相對平坦的平原。這裡設有環境控制系統，不過沒有氣閥，因為人類在這個大氣環境中可以呼吸，只是長期來說對健康不是太好。我不知道原因，因為我的工作設定沒有強制要求我去瞭解這類資訊。

會選這裡是因為這個地點就在所有勘測區域的正中間，加上平原上雖然零星有些樹木，但高度都在十五公尺左右，非常纖細，僅有單層樹冠，所以如果有外力想要接近，也難以利用這些樹木作掩護。當然，這點並未將透過地道接近的對象納入考慮。

為求安全起見，活動區設有管控大門。不過今天接駁艇要降落的時候，我接到居住艙系統通知，大門已經打開了。葛拉汀博士已備好升降擔架，並把擔架導向我們的方向。有鑑於歐芙賽和亞拉達成功穩住了芭拉娃姬的狀況，我可以把她放在擔架上，跟著其他人的腳步進入活動區。

人類前往醫療中心，我則停下來發送指令，叫小接駁艇自己上鎖、完成封閉程序，然後再鎖上大門。我透過維安頻道通知無人機放寬巡邏邊界，這麼一來要是有什麼大型生物發動攻擊，我才能早點接獲警報。我也監控了幾臺震度偵測器的數據，以免這假想的大型生物決定鑽地攻擊。

確保活動區的安全之後，我回到了被稱為維安準備中心的地方，所有武器、火藥、邊界警報系統、無人機和其他與維安相關的補給品——包括我——都放在這裡。我脫下身上殘留的盔甲，依照醫療系統的建議，把傷口密合劑往傷痕累累的那側軀幹噴好噴滿。傷口已經止血，因為我的動脈和靜脈會自動封閉，但是模樣並不好看，而且很痛，就算傷口密合劑會稍微讓痛感麻痺一點也一樣。

我透過居住艙系統設定了八小時的維安限制，所以任何人想出去都得帶上我，然後我把自己設定為非值勤狀態。我瞄一眼通訊頻道，沒看到任何人反對。

我冷得半死，因為在回來的半路上我的溫控功能就失效了，盔甲底下的貼身太空衣又支離破碎。雖然還有幾套備用的可以換，但現在換上並不實際，也不容易。我唯一可穿的服裝是一套還沒穿過的制服，但即便是這套，我也不認為自己現在有辦法換上。（之前我不需要穿上制服，是因為我沒有在活動區內巡邏過。沒有人提出這個要求，因為這裡只有八個人，大家都是朋友，這麼做只是浪費資源，而那個資源就是我。）

我單手在儲藏櫃撈了半天，終於找到一組備用的人類用醫療箱，在警急狀況下我有權限可以動用。我打開箱蓋拿出保溫毯，把自己包起來後爬上修復室的小塑膠床。白光閃動亮起，我封起修復室房門。

這裡也沒多溫暖，但是至少還算舒服。我把自己接上補給修復管線，往後靠在牆上，全身不停發抖。醫療系統親切地通知我，我的效能目前是百分之五十八，而且還在持續下滑中。我並不意外。

我絕對能在八小時內完成修復，受損的有機部位也差不多都能重新長回來，但是在效能只有百分之五十八的前提下，要在這段時間中完成資訊分析可能有難度。所以我在所有維安系統中設下指令，若有任何東西企圖吞噬活動區，就立刻通知我，然後點開我從娛樂頻道下載的檔案。我痛得沒辦法集中注意力在任何有故事情節的東西上，但這些親切的噪音可以陪伴我。

這時，有人敲了敲修復室的門。

我盯著門看，腦袋裡本來有條有理的訊號陣列整個大亂。我像個蠢蛋般開口回應：「呃，怎麼了？」

曼莎博士打開門，往裡頭看著我。我不擅長猜測真正的人類的年紀，就算看了這麼多娛樂節目也一樣。影劇裡的人類通常跟真實生活中的人長得不太一樣，至少好看的影劇都是這樣。她的皮膚是深棕色、一頭淺棕頭髮剪得非常短。我猜她的年紀不輕，否則她不會是主管。

曼莎伯是對我說：「你還好嗎？我看到你的狀態報告了。」

「呃。」這時我才意識到自己根本不用回答問題，應該直接假裝進入停滯狀態就好。我把毯子往胸口拉高一點，希望她沒看到我身上消失的部位。少了盔甲固定我的身體，傷勢看起來更糟糕了。「我沒事。」

我跟真正的人類相處起來就是很尷尬。不是因為我駭了控制元件所以緊張兮兮，也不是他們的問題，問題在我。我知道我是一架可怕的殺人機，他們也知道，這讓我們兩方都很緊張，而這種緊張又讓我變得更緊張。

除此之外，我若是沒穿著盔甲，就代表我受傷了，我身上的有機部位隨時可能會噗通一聲掉在地上，沒有人想看到那種場面。

「沒事？」她皺眉，「報告上說你損失了百分之二十的軀體。」

「會長回來的。」我知道對一個真正的人類來說，我看起來大概快死了。我受的傷在人類身上等同於失去一條到兩條肢體，外加八成的血液。

「我知道，但一樣啊。」她盯著我看了好一陣子，久到我轉移注意力連上食堂的攝影畫面，看見其他沒受傷的成員全都坐在桌邊聊天。他們在討論有沒有可能還有更多那種地底生物，以及希望手邊有酒精性飲品。看起來挺正常的。

她繼續說：「剛才沃勞斯古博士的狀況你處理得非常好。我覺得其他人可能沒有意識到……他們都很佩服。」

「安撫傷者是緊急醫療指令的一部分。」我把毯子裹得更緊，以免她看見任何恐怖景象。我感覺得到身體下半部有東西在外漏。

「對，但是醫療系統的排序是芭拉娃姬優先，並未檢查沃勞斯古的生命跡象。系統沒有把現場造成的驚嚇列入評估中，而是判定他可以自己離開現場。」

從監視器畫面可以得知其他人已經看過沃勞斯古身上的攝影機拍攝的畫面。他們說了一些類似「我連它有臉都不知道」的話。自從我們抵達至今，我一直都穿著盔甲，在他們身邊時也從沒脫下頭盔。

其實也沒有什麼特別的原因。脫下頭盔之後他們也只會看到我的頭，就是個標準人類模樣。但他們不想跟我說話，我也一點也沒有想跟他們談話的意願。交談在執勤的時候會讓我分心，至於非值勤的情況……我也不想跟他們說話。曼莎在簽租約的時候見過我，但她幾乎沒正眼看過我，我也沒有正眼看過她，原因再說一次：殺人機＋真正的人類＝尷尬。時時刻刻穿著盔甲可以減少不必要的交流。

我說：「我的工作也包含了不要在系統訊息……有誤的時候仍聽命行事。」這就是為什麼你需要能思考、具有有機部位的維安配備。但她早該知道了才對。在同意簽收我之前，她上傳了大概十筆抗議，不想接受合約強制配備的我。我不怪她。若我是她，我也不想要我自己。

說真的，我實在不知道自己幹嘛不直接說**不客氣**，然後說**請滾出我的修復室讓我能**

平靜地坐在這裡外漏就好。

「好吧，」她說，然後花了客觀來說我很清楚是二點四秒、但主觀的感覺卻像是折磨至極的二十分鐘的時間盯著我。「那就八小時後見。在那之前，如果你有任何需要，請透過通訊頻道提醒我。」她後退幾步，讓滑門自己關上。

我不禁好奇他們到底在讚嘆什麼，所以我叫出事件當時的錄影畫面。好，哇賽。原來我一路跟沃勞斯古說話說到坑口。我當時的首要關切目標是接駁艇的路線、不要讓芭拉娃姬失血過多，還有注意巨坑裡那東西會不會再衝出來。基本上我其實沒在聽自己說了什麼。原來我還問了他有沒有小孩，這真的太驚人了。我可能影劇看太多了。（他真的有小孩，而且他的四人婚姻關係中有七個孩子，全都跟他的伴侶們一起留在老家。）

現在我的各方面狀態都太高亢，無法維持休息狀態，所以我決定乾脆看看其他錄影畫面。然後我發現一件奇怪的事，居住艙系統的指令中有一條「撤退」訊息，就是那個操控著我的控制元件、或說深信自己操控著我的控制元件的系統。一定是故障了。

這不重要，因為醫療系統有優先——

效能 39%，進入停滯階段以進行緊急修復程序。

2

我醒來以後，身上各處已經幾乎全部復原了，效能恢復到百分之八十，數字還在持續上升中。我立刻檢查所有歷史訊息，以免在這段時間裡有人類想外出。不過我發現曼莎把活動區的門禁時間延長了四小時，這讓我鬆了口氣，因為這麼一來我就有時間能讓效能恢復到百分之九十八的範圍。

我也接到了要向她回報的提醒，這倒是頭一次。但她可能只是想檢查危害報告的內容，看看為什麼系統沒有事先警告我們會有來自地底的威脅。我自己也有點好奇。

他們這支團隊叫做保護育能組，買下了這顆星球的資源選擇權，這趟評估任務就是要看看這地方值不值得他們增資買下所有權利。在他們採取任何行動之前，先搞清楚星球上有哪些可能會把他們生吞活剝的生物，這可說是首要項目。

我不太在乎客戶是誰，他們的目的對我而言也無所謂。我知道這支團隊是來自一顆永久持有的星球，但我沒有特別去查細節。永久持有的意思就是那地方已經地球化加殖民，但不隸屬任何企業聯盟。基本上永久持有就等於是爛地方，所以我沒有太多期待，不過這些人在合作上卻意外隨和。

我把新生肌膚上沾到的液體抹去，然後爬出修復室。這時才發現盔甲仍四散在地上，我還沒把它們拼回去，上頭還有不明液體和芭拉娃姬的血。難怪那時曼莎的目光緊盯著修復室，她大概以為我死在裡頭了。我把盔甲片全丟進回收槽待修。

我還有一套盔甲，但是現在還整組收在儲藏室，要翻出來、跑數據再穿上得花點時間。我不是很想穿制服，可是維安系統一定已經把我醒來的消息傳給曼莎了，所以我別無選擇。

制服是一般研究小組的設計款式，目的就是讓人在活動區舒適地穿著，有針織灰色長褲、長袖T恤和一件夾克，看起來像人類和強化人會穿的那種運動服，再搭配休閒鞋。我穿上制服，用袖子蓋住前臂上的砲口，然後踏出維安準備中心。

我穿過兩扇內部管控門進入組員區，看見大家都聚集在主居住艙的一座控制臺前，盯著其中一面高掛的螢幕。除了還在醫療中心的芭拉娃姬和在那裡陪她的沃勞斯古以外，所有人都在。其他幾座控制臺上放著馬克杯和吃完的餐包。如果沒有接到直接命令，我是不會去清理的。

曼莎在忙，所以我站在原地等待。

拉銻瞥了我一眼，然後驚恐地又回過頭來再看一眼。

我完全不知道該做什麼反應。這就是為什麼我比較喜歡穿盔甲，就算是在根本不需要盔甲、而且穿盔甲其實很礙手礙腳的活動區也一樣。人類客戶通常喜歡假裝我只是臺機器人，這點在我穿著盔甲的時候比較容易做到。我放空雙眼，假裝自己在忙著跑一些數據。

拉銻顯然非常困惑，開口問道：「這是誰啊？」

所有人都轉過來看著我，除了曼莎，她坐在控制臺前，額頭都要抵到控制介面上了。看來即便已經在沃勞斯古的攝影機畫面上看過我的臉，他們還是不認得沒戴頭盔的我。所以我只好看著他們，然後說：「我是你們的維安配備。」

他們全都露出驚愕且不自在的神情，幾乎跟我一樣不自在。我真希望自己剛剛有花時間把備用盔甲拿出來。

其中一部分的原因是他們其實不想讓我來這裡。不是說不想讓我來居住艙這個空間，而是不想讓我來這顆星球。保險公司之所以要求他們帶上我，原因除了可以讓客戶多付一大筆錢以外，也因為我會時時刻刻錄下所有對話內容。雖然就算我不去看任何不需要監控的東西，也能把工作做到差不多的水平，不過公司會查閱所有的錄音和數據，找出任何可以出售的資訊。不，他們不會告知。對，大家都知道。不，你沒辦法拿他們怎麼辦。

過了主觀感覺像是半小時、客觀來說是三點四秒後，曼莎博士轉過頭看見我，把控制介面拉下來。她說：「我們在檢查這個地區的危害報告，想確認為什麼那東西沒有在攻擊性生物的表單上。李蘋認為數據資料被修改過，你可以幫我們檢查一下報告內容嗎？」

「遵命，曼莎博士。」這件事我大可在修復室做就好，這樣所有人就不用這麼尷尬了。總之，我連上她在居住艙系統查看的內容訊號，開始檢查報告內容。

這份報告基本上就是一長串針對這個星球的參考資訊和警告，尤其著重在我們活動區的所在範圍，強調的資料包含天氣、地形、植披、動物、空氣品質、礦物質成分，以及與其上任何一項或所有項目有關的威脅性報告，也可以進一步連結到次要報告，上頭會有更詳細的資訊。

話最少的葛拉汀博士是強化人，自備內建控制介面，我能感覺到他也在數據庫裡翻找，至於使用觸碰式控制介面的其他人，我只能隱約感受到存在。不過我的資料處理能力還是還是比葛拉汀博士強大許多。

我本來覺得大家只是有點妄想症。就算有控制介面可用，你還是得真的去閱讀文字才能知道資料內容，最好是每一個字都讀過。有時候非強化人的人類就不會這麼做，有時候連強化人都不會。

但是就在檢查警戒事項內容的時候，我注意到格式有點古怪。和報告中的其他部分迅速比較一下後，我馬上發現沒錯、有東西被移除了，連到其中一份次要報告的連結斷了。

「妳說得沒錯。」我一面說，一面分神在數據庫裡面尋找消失的內文。我沒找到，而且這東西不只是連結斷掉而已，是有人動手刪除了次要報告。在這種星球勘測行動中，像這樣的事情本來是不可能發生的才對。但現在看來就算再怎麼不可能，也都還是有可能的。「警戒事項和生物那部分內容裡有些東西被刪除了。」

眾人聽見這個消息，幾乎全都氣得跳腳。李蘋和歐芙賽大聲抱怨，拉銻則是誇張地把雙手往空中一攤。不過，就像我說的，他們都是朋友，對彼此的態度不像我上一張合約綁定的客戶那麼客氣。這也就是為什麼如果逼不得已一定要承認的話，直到有東西衝出來想吃掉我和芭拉娃姬之前，我其實滿享受這次合約的工作內容的。

維安系統無所不錄，甚至連寢室內部也不放過，而且都會被我看光光，所以說假裝我只是臺機器對我們雙方來說都比較容易。歐芙賽和亞拉達是一對情侶，從兩人互動的方式看來，他們一直以來都是一對，而拉銻是他們最好的朋友。拉銻單戀李蘋，不過沒有做出什麼不明智的舉動。

李蘋常常發脾氣，沒人的時候會摔東西，但是這跟拉銻無關。我認為受到公司監控這件事，在她身上的影響程度比其他人嚴重。沃勞斯古對曼莎的景仰之深厚，說是愛上她了也不為過。李蘋也是，但她和芭拉娃姬偶而會用一種彼此都很熟悉的方式調情一下，顯然這樣的狀況已經維持很久了。

唯一一個獨行俠是葛拉汀，但他看起來也很喜歡和其他人互動。他的笑容很收斂、低調，其他人似乎也都滿喜歡他的。

這組人很好相處，彼此之間不會爭執，也不會故意找碴，只要他們不要用任何方式嘗試跟我對話或互動，和他們相處算是滿輕鬆的經驗。

在發洩負能量的同時，拉銻說：「所以那生物到底是異常現象，還是他們本來就生活在巨坑底下？這點我們無從得知了嗎？」

身為生物專家之一的亞拉達說：「我跟你賭牠們就是住在坑底。如果掃描時看到的那些大型鳥禽常常會降落在離島的沼澤地，那生物可能就是在等著獵食牠們。」

「那就解釋了巨坑成形的原因，」曼莎若有所思地說，「至少這解釋了其中一個怪象。」

「但到底是誰把次要報告移除了？」李蘋問道。我也同意現階段這個問題更重要。她用一種我早就學會不要有任何反應的突兀態度轉向我。「居住艙系統有可能被駭嗎？」

從外部的話，我完全沒概念。但是從內部的話，靠著我內建的控制介面就能輕而易舉駭入。在架設這座活動區的時候，居住艙系統一啟動我就馬上駭進去了。我不得不這麼做，不然要是系統照常監測我的控制元件和訊號內容，就會引發一連串的古怪疑問，我還會被大卸八塊。

「就我所知是有可能的，」我說，「但更有可能是你們接收勘測資料時，報告就已經毀損了。」

絕對不可能，我敢掛保證。

現場一陣哀號，大家都在抱怨為什麼付了這麼多錢還拿這麼爛的設備。（我沒有往心裡去。）

曼莎說：「葛拉汀，你和李蘋研究看看能不能弄清楚是什麼狀況好了。」我的客戶大多只具備自己的專業項目能力，而一趟偵查任務根本不需要系統專家隨行。公司會提供客戶所有需要的系統和相關資源（醫療器材、無人機、我，諸如此類），而維修保護也包含在服務之中。

不過看來李蘋是個對系統特別有天分的業餘愛好者，葛拉汀則是因為內建的控制介面，在這方面占了一些優勢。曼莎又說：「除此之外，戴爾夫小組拿到的勘測資料跟我們是同一份嗎？」

我檢查了一下。居住艙系統認為很有可能，但現在我們都知道居住艙系統的意見有多少可信度了。「有可能。」我回答。

戴爾夫小組是另一支勘測團隊，跟我們一樣，但是他們的勘測區域在這顆星球另一面的大陸。他們的組織稍微大一點，是由另一艘太空船送來的，所以這兩組人類其實沒見過彼此，但偶爾會透過通訊器交談。

另一組人類不在我的合約服務範圍內，他們也有自己的維安配備，符合十個客戶搭配一臺維安配備的標準做法。理論上來說，我們在遇到緊急狀況的時候能呼叫對方支援，但是畢竟相隔了半顆星球，距離自然成了一大障礙。

曼莎往椅背一靠，十指搭成塔狀。「好，接下來就以我們的方式處理。我要你們各自都去檢查勘測資料報告中屬於你專長的部分，想辦法找出其他消失的資訊。列出清單後，我就會聯繫戴爾夫小組，看看他們能不能補傳檔案給我們。」

聽起來是個好計畫，但裡頭沒有提到我。我說：「曼莎博士，妳需要我幫忙其他事嗎？」

她把椅子轉過來面對我。「不了，遇到什麼問題我再找你。」

在我接過的任務中，曾經有幾次被任務對象要求日夜站崗，只因為他們隨時可能會需要我的協助、又懶得用通訊頻道把我叫來。

然後曼莎點點頭。「還有，如果你想要的話，可以留下來跟組員待在一起。你想嗎？」

他們全都轉過來看著我，幾乎人人都掛著微笑。穿盔甲的其中一個缺點就是會讓我太習慣不透明的面罩，這麼久沒練習控制表情，我現在一定露出了驚愕或是嚇呆的臉。

曼莎嚇了一跳，坐起身。「不想也可以，你知道的，看你想要怎麼做都可以。」

「我得去巡視邊界。」我說完轉身，勉強用一種一切如常的姿態離開組員區，而不是表現得像是逃離一群巨大的危險生物。

回到維安準備中心的安全範圍後，我把頭靠在塑膠外牆上。現在他們知道他們的殺人機不想待在他們身邊的程度，跟他們不想殺人機待在自己身邊的程度一樣了。我洩漏了一點自己的想法。

這種事不能再發生了。我有太多東西要藏，有那麼點想法外流，就表示其他部分也不安全。

我挺身站直，決定要來真的做點工作。消失的次要報告讓我有點警戒，但我其實沒有內建任何指令來應對這種情況就是了。我的教育元件爛得不得了，我所知的維安常識，大多來自娛樂頻道上的教育節目。（這就是為什麼公司會要求這些研究小組、採礦隊、生物團隊和科技公司租借我們隨行，否則他們不保證成功擔保。我們的造價相對低廉，品質又爛，如果工作內容用不到殺戮功能，又沒有強迫他們租借的話，根本就不會有人當這個冤大頭。）

我穿上備用的那套貼身太空衣和盔甲後，開始沿著邊界巡視，把我們剛抵達時採集的地表數據和震度指數拿來跟現在的數據比較。拉錫和亞拉達收集的資料中有備註，勘測區域裡所有異常的坑洞可能都是我們現在稱之為攻擊者一號的那隻生物弄出來的。不過活動區附近的狀況倒沒有什麼變化。

我也確認了一下大小接駁艇上都具備足夠資源面對緊急情況。上頭的東西都是我幾天前親手打包放上去的，現在只是想確認在我放上去之後，沒有人類跑來做什麼愚蠢的改動。

我把能想到的事都做了，最後把自己設定成待命狀態，然後繼續看我的影集。我看了三集《明月避難所之風起雲湧》，曼莎博士傳圖片給我的時候，我正在快轉性愛場面。（我沒有性別設置，也沒有區分性別的部位——如果基本設置包含這些部位，那你就是妓院裡的性愛機器人，而不是殺人機了。也許這就是為什麼我會覺得性愛劇情很無聊。不過，我是覺得就算我有性別方面的器官，也還是會覺得無聊就是了。）我看了一下曼莎傳來的圖片，然後把影集進度存檔。

懺悔時間：我其實不知道我們的具體位置在哪。每份勘測資料上都有——或說應該要有——一張目標星球的完整衛星地圖，讓人類用來判斷要在哪裡進行任務。我還沒看地圖，也幾乎沒看勘測資料。但我要解釋一下，我們抵達這裡已經有二十二個星球日了，這段期間我都只需要旁觀人類掃描或採集土壤、岩石、水和樹葉樣本，氣氛一點也不緊張啊。除此之外，你可能也注意到了，我根本不在乎好嗎。

所以有六個區域的資料消失在衛星地圖上這件事，我也是第一次知道。李蘋和葛拉汀找出了不相符的地方，曼莎想知道我的看法，看我覺得這到底是因為勘測資料本來就是充滿錯誤的便宜貨，還是說這是被駭之後竄改的結果。

我很感激我們之間的是透過通訊頻道來進行溝通，她也沒逼我用通訊器直接和她對話。我感激到回覆了我真正的看法，也就是雖然我認為真相是勘測資料就是便宜的爛貨，但唯一能夠確認的方法，就是親自到其中一個地圖上消失的區域，看看那裡是不是真的除了無趣的植披以外什麼都沒有。我沒有真的用這種措辭，但我的意思就是這樣。

現在她的注意力不在通訊頻道上了，但我還是保持警戒，因為我知道她做決定的速度通常很快，就算我現在點開影集也會馬上被打斷。我檢查了一下居住艙的監視攝影機畫面，這樣我就能聽見對話內容。

他們全都希望能去一探究竟，大家正七嘴八舌地討論著到底該不該再等一等。他們剛跟位於另一塊大陸上的戴爾夫小組結束通訊，對方同意傳送消失的勘測資料來。有些客戶想要先看看還有沒有其他東西不見再說，其他人則是想要現在就出發，**沒完沒了**。

我知道這件事最後會怎樣。

這段旅程不遠，沒有超過他們之前做的其他偵查行動的範圍，但是由於飛行目的地的情況不明確，這件事在維安上絕對是一盞大紅燈。如果在大家都有點腦的世界，我就會自己去，但是我的控制元件限制我一定要隨時待在至少一位客戶身邊、保持至少一百公尺內的距離，否則元件就會把我燒掉。他們也知道這點，所以如果我自告奮勇獨自進行跨大陸的長途旅程，一定會讓他們產生懷疑。

所以曼莎再次開啟通訊頻道告訴我他們要去看看的時候，我告訴她基於維安原則，我必須一同隨行。

3

太陽一升起，我們便在日光下整裝待發。衛星氣象報告說今天很適合飛行和掃描。我檢查了一下醫療系統，看見芭拉娃姬已經醒了，正在說話。

直到我幫忙搬器材到小接駁艇上的時候，我才發現他們要讓我坐組員艙。好在我穿了盔甲，還有不透明的面罩。不過曼莎叫我去坐在副駕駛的位置時，情況其實沒有像我一開始害怕的那麼糟。亞拉達和李蘋沒有嘗試跟我講話，拉鎊在我經過他走向駕駛艙的時候還別過了頭。

看著他們每個人都小心翼翼不望向我或直接跟我說話的模樣，等接駁艇一起飛，我便迅速抽檢了一下居住艙系統的談話記錄。我之前已經說服自己，當曼莎問我要不要留在居住艙裡和大家坐一坐、彷彿我是個真人的時候，我沒有表現得像自己以為的那麼失控。

看著他們在那之後緊接著進行的談話畫面，只讓我的心一沉。不，情況比我想像的還糟。他們討論了一番，一致同意不要「無視我的意願來逼我」，他們都那麼善良，看了簡直是讓人痛苦。我再也不要拿下頭盔了。如果必須跟人類對話，那這份蠢工作我連隨便打發的程度都做不好了。

我第一次遇到沒有其他維安配備經驗的客戶就是他們，所以如果我有先思考的話，應該可以預期這種情況。讓他們看見我沒穿盔甲的模樣實在是一大錯誤。

好險其他人說要不要跟我談談的時候，曼莎和亞拉達反對了。真的，居然想跟殺人機談談內心感受。這念頭實在令人太痛苦，直接讓我的效能降到了百分之九十七，我還寧可爬回攻擊者一號的嘴裡。

我操煩這些事的同時，其他人則看著窗外的行星環，或是看著接駁艇對新環境的掃描圖景色、透過通訊器與留守活動區追蹤我們動態的人聊天。我雖然心煩意亂，但是自動駕駛突然終止的時候我還是注意到了。

這情況本來可能釀成問題，不過我正好坐在駕駛艙，能夠及時接手。但就算我不在這裡，其實也不會太糟，因為曼莎是駕駛，而她的雙手從不會離開控制臺。

就算行星船艦駕駛系統並不如全面模擬機器人駕駛系統那麼精準，有些客戶還是會在啟動後回到內艙去或者睡著。曼莎沒這麼做，而且她也要求其他人在駕駛的時候遵守她的規則。她僅不悅地發出深思的哼聲，然後把航道從失效的自駕系統原本要讓我們撞上的山陵方向移開。

對於他們想要跟我談心這件事的恐懼，已經因為她下令他們不准來找我談，被我轉化為滿心的感激之情。在她重啟自動駕駛的時候，我把記錄叫出來，透過主頻道傳給她，讓她知道自動駕駛會關閉是因為居住艙系統的訊號瞬間當掉了。她低聲咒罵，搖搖頭。

地圖上消失的地區離我們的任務地點並不遠，所以我都還沒真的開始追我堆積在檔案區已久的劇，我們就抵達了。

曼莎對其他人說：「我們要飛過目的地上空了。」

小艇沿路航經茂密的熱帶森林，樹木沿著深峭峽谷生長。突然間，眼前的景象變成平原，湖泊和小片灌木林零星散布其中。不少岩石暴露在低矮的山脊上，還有滾落的巨石。一切都陰暗而帶著一種光澤，像火山玻璃。

所有人都在研究掃描景象，機艙內很安靜。亞拉達盯著地震數據，透過通訊頻道回傳給活動區的人。

「我沒看到任何會讓衛星無法針對這區製圖的理由，」李蘋說，她一邊整理接駁艇傳進來的數據資料，聲音聽起來有點飄忽。「沒有不正常的讀數。好奇怪。」

「除非這裡的岩石有某種隱形的物質，會讓衛星拍不下來，」亞拉達說。「掃描器的運作是有點怪怪的沒錯。」

「因為掃描器也是企業的走狗。」李蘋喃喃說道。

「要降落嗎？」曼莎說。我意識到她是在詢問我的維安評估看法。

掃描還算是有用，標出了一些危險性，但跟我們之前遇過的危險狀況相去不遠。我說：「可以降落，但是我們都知道這星球上至少有一頭活物會在岩層底下鑽洞。」

亞拉達在位置上輕輕蹬了一下，好像她已經不想再等。「我知道應該小心為上，但我覺得如果能弄清楚衛星掃描圖上這些小空白區域究竟是意外還是人為造成，我們會更加安全。」

聞言我才發現，他們並沒有排除系統遭破壞的可能性。我早該在李蘋問我居住艙系統有沒有被駭的可能的時候就發現才對。但當時人類全都望著我，而我一心只想離開現場。

拉銻和李蘋附議曼莎，曼莎做出決定。「降落採集樣本。」

留在活動區的芭拉娃姬的聲音透過通訊器傳來：「千萬要小心。」她聽起來餘悸猶存。

曼莎輕輕降落小艇，接駁艇的著陸板幾乎沒有半點震動就著地。同時，我已經起身站在艙門旁。

人類都戴著頭盔，所以我直接打開艙門，放下斜坡。近看崎嶇的地表，仍然能看出那種玻璃光澤，主色調是黑色，同時又有不同顏色交融其中。這麼接近地表的情況下，接駁艇的掃描器得以確認地震幅度為零，但我還是往外走了一點，像是要給任何生物攻擊我的機會。讓人類看見我盡忠職守的模樣，可以避免他們對於控制元件是否遭外力破壞的質疑。

曼莎下了小艇，亞拉達跟在她身後。兩人四處移動，利用行動掃描器蒐集數據。接著其他人拿出採樣工具，開始朝著岩石玻璃，或說是玻璃岩石敲敲打打，採集碎片，也挖起土壤和蒐集植披。他們喃喃對彼此和活動區的人說了不少話，但我沒注意。

這地方有點古怪。跟我們偵查過的其他地方相比，比較安靜，沒聽到太多鳥模樣的東西發出的聲音，也沒有動物活動的跡象。也許是這東一塊西一塊的崎嶇地形讓牠們敬而遠之吧。我往外走一點，經過幾個湖，覺得應該早晚會見到水面下有什麼東西才對，也許是屍體之類的。在過去的合作專案中我就看過不少（也有不少是我造成的），但這次的任務截至目前為止，倒像是少了屍體這個元素。這樣的改變挺好的。

曼莎設定了調查區邊界，把空拍掃描圖上提醒危險或可能危險的地區都標記出來。我再次確認每個人的狀況，發現亞拉達和拉銻正直往其中一個危險標記處走去。我以為他們會停在邊界位置，畢竟他們在整趟任務過程中一向表現得很謹慎小心。儘管如此，我還是開始往那個方向移動。然後他們穿過了邊界。

我跑了起來，用攝影機把現場畫面傳給曼莎博士，然後用語音通訊器說：「亞拉達博士、拉銻博士，請停下腳步。你們已穿越邊界，接近危險標記處。」

「有嗎？」拉銻聽起來很震驚。

好在兩人都停了下來。我抵達的時候，兩人都把地圖傳到我的主頻道。

「我不明白是哪裡出了問題，」亞拉達一頭霧水地說，「我沒看到危險標記。」

她在地圖上標記了兩人的位置，看起來離邊界都還很遠，目標方向是溼地地區。

我花了一秒才看出問題在哪裡。然後我把我的地圖，真正的那張地圖，覆蓋在他們的地圖上，傳給曼莎。

「該死，」她透過通訊器說，「拉銻，亞拉達，你們的地圖有錯。這種事怎麼會發生？」

「系統當掉，」拉銻拉長了臉盯著訊息內容，「系統把這一側的所有標記都消除了。」

這就是為什麼我整個早上都在忙著把人類從他們沒看見的危險標記旁趕走，李蘋則不停咒罵，一邊想讓地圖掃描功能恢復運作。

「我開始覺得這些地區會消失只是因為地圖功能故障了，」拉銻一度喘著氣這樣說。他剛剛走進了他們稱之為熱泥漿潭的地方，我還得去把他拉出來。我們兩個現在都半身包覆著酸性泥漿。

「你覺得是這樣嗎？」李蘋疲倦地回道。

曼莎下令全體撤回接駁艇的時候，大家都鬆了口氣。

回程路上什麼問題都沒發生，這狀況現在感覺上反而是異常。回到活動區後，人類開始分析數據資料，我則躲回準備室，檢查維安畫面，然後躺在修復室裡看了一下影片。

我剛巡過邊界，檢查了無人機，這時訊號頻道通知我衛星傳來居住艙系統的更新，還有包內容要給我。我有個小把戲可以騙過居住艙系統，讓它以為我已經接下了內容包，實際上我只是把東西儲存在一邊。既然已經非必要，我早就停止自動更新系統。等我想更新的時候，通常是準備離開派駐星球之前，我才會打開更新內容，把我想要的部分更新完之後丟掉剩下的內容。

今天的一切一如往常，意思就是十分乏味。若不是芭拉娃姬仍然在醫療中心休養，我都快忘了之前發生了什麼事。但是就在一天快過完的時候，曼莎博士再次呼叫我：「事情不妙，我們聯絡不上戴爾夫小組。」

我來到曼莎和其他人待的組員艙。他們叫出地圖和掃描圖，找出我們和戴爾夫小組的位置，這顆星球的星表景象就在高掛的大型顯示器上閃閃發亮。

我抵達後，曼莎說：「我已經檢查過大接駁艇的組件資料，我們的電力足夠往返一趟不必充電。」

我啟動了面罩的不透明設置，所以可以隨意皺眉也不會有人看見。

「妳覺得他們會不讓我們在他們的活動區充電嗎？」亞拉達問道，然後環顧盯著她看的其他人。「怎樣啦？」她問道。

歐芙賽伸出手臂搭著她的肩膀，手捏了捏她的肩頭。「如果對方都沒回應我們的呼叫訊號，代表他們可能受傷了，或者活動區的設備受損。」這對情侶對彼此總是很溫柔。

截至目前為止，這個小組內難能可貴地沒有什麼戲劇化的事情發生，我很感激這點。我在前幾次任務裡都像個非自願的旁觀者，被迫參與影集中的多角關係戲碼，整個劇組還都是我討厭的角色。

曼莎點點頭。「我就是擔心這樣，特別是如果他們的任務資料也跟我們一樣少了潛在危機資訊的話。」

亞拉達看起來像是現在才意識到戴爾夫小組裡的所有成員可能都死了。

拉鎊說：「我擔心的是他們的求救信號器沒有啟動。如果活動區遭侵入，或者如果發生了他們無法處理的醫療緊急事件，他們的居住艙系統應該要自動啟動求救信號器才對。」

每個研究小組都有屬於自己的求救信號器，設立在與活動區隔著一段安全距離的地方。啟動後，求救信號器會被發射到大氣層外的低軌道處，然後往蟲洞傳送一道脈衝波。蟲洞被擊中或是出現一些反應時，公司網路會同時接收到信號，接送船就會馬上出發，而非等到任務終止日才來。總之，照理來說運作方式是這樣，至少正常情況下是如此。

曼莎露出憂心的神情，她望向我。「你認為呢？」

我花了兩秒才發現她是在對我說話。幸運的是，因為看起來這件事真的滿重要的，我有認真聽談話內容，不需要回放剛剛的對話。

我說：「對方有三架維安配備，但如果攻擊對方活動區的生物跟攻擊者一號一樣大或更大，維安配備的通訊器可能也已經受損。」

李蘋叫出求救信號器的規格表。「就算通訊器都被摧毀，求救信號器不是也該自動啟動才對嗎？」

控制元件被我駭過的另一個好處，就是我可以不要理會控制元件叫我替愚蠢的公司辯解的指令。「理當如此，但是配備故障這種事也不是沒有前例。」

有那麼片刻的時間，他們全都在想自己的活動區內可能有的配備故障問題，也許就包含他們即將開出去、而且會比平時開小接駁艇跑得更遠的大接駁艇。要是出問題，他們可能就要用走的回來，還要游泳，因為地圖上的兩點之間有一片稱得上是海洋面積的水域。也可能會直接墜海淹死，我猜他們可能會淹死。如果你好奇我剛剛為什麼會皺眉，這就是原因。

這次的目的地雖然只比我們的任務勘測範圍遠了一點，但這還是一趟需要過夜的遠行，就算他們到了那裡只是看見一堆死人就掉頭飛回來也一樣。

這時葛拉汀開口：「那你的系統呢？」

我沒有把我的頭盔轉向他，因為此舉可能會有點嚇人，我需要特別注意才能忍下這股衝動。「我很小心地監控自己的系統。」不然我還能說什麼？不重要，我又不能退貨。

沃勞斯古清清喉嚨。「所以我們要準備進行救援任務。」他看起來沒事，但是醫療系統仍然顯示著種種緊張不安的數據。芭拉娃姬的狀況穩定，不過還不能離開醫療中心。他繼續說道：「我從接駁艇的相關檔案裡面找了一些使用說明出來。」

對，使用說明。這些人是學者，是偵查員，是研究員，不是我看的那些影集裡的動作英雄探險家，因為那些角色都不切實際，也不像現實生活那麼令人鬱悶心煩。

我開口：「曼莎博士，我認為我該同行。」

我看得見她在頻道上的備註，所以我知道她想讓我留在這裡照看活動區，守護沒有同行的人。曼莎打算帶上李蘋，因為她有活動區和居住建築的建構經驗，還有生物學家拉鎌，以及有野地醫療證照的歐芙賽。

曼莎猶豫了，她想了一下，我看得出來她在評估把我留下來保護活動區和留守的人，以及攻擊戴爾夫小組的東西可能還在現場的可能性。她吸了口氣，我知道她會叫我留下來。這真是個爛主意，但我不知道自己為什麼會這樣想，這念頭就是那些控制元件應該要壓制的、來自我的有機部位的衝動想法。

我說：「身為現場唯一面對過類似情況的成員，我是妳最好用的資源。」

葛拉汀說：「什麼類似情況？」

拉銻不解地看著他。「就是現在這個情況。這個不知名、陌生的威脅，從地底下暴衝出來的怪物。」

我很高興不是只有我覺得這個問題很蠢。葛拉汀不像其他人那麼多話，所以我對他的人格特質了解不多。他是勘測隊裡唯一的強化人，所以可能覺得自己像局外人之類的，即便其他人擺明了很喜歡他也一樣。

我澄清道：「人員可能會因為星球上的危險生物而受傷的情況。」

亞拉達走到我身邊。「我同意。我認為你們該帶走維安配備，妳不知道外頭會有什麼東西。」

曼莎還是猶豫不決。「要看現場狀況，我們離開的時間可能會長達兩到三天。」

亞拉達揮揮手，示意活動區。「目前為止還沒東西來打擾我們啊。」

在戴爾夫小組被吃掉或被撕成碎片之類的之前，可能也是這樣想的。但沃勞斯古說：「我承認這會讓我比較安心。」

在醫療中心的芭拉娃姬透過通訊頻道投了我一票，葛拉汀是唯一默默地什麼都沒說的人。

曼莎堅定地點頭。「好吧，那就這麼決定了。開始動作。」

於是我開始替大接駁艇做好飛越半個星球的準備。（沒錯，我還得叫出使用說明。）我仔細地檢查了內容，想起上次駕駛小接駁艇的時候，自動駕駛突然被關閉的情況。但自從抵達星球、曼莎接手大接駁艇的檢查之後，我們就沒用過它了。（一簽收就要馬上檢查一切，記下任何問題，否則公司不會負責。）但一切看起來都沒問題，或者說至少都跟規格相符。大接駁艇的存在單純是為了因應緊急狀況，如果不是戴爾夫小組這件事，我們大概直到需要用它把我們送到接送船上的時候才會碰到它。

曼莎來對接駁艇進行她要做的檢查，並交代我多打包一些緊急用品給戴爾夫小組的人員。我照做了，而且在心裡替人類希望我們不會用上這些東西。我覺得戴爾夫小組唯一會用到的緊急用品應該是驗屍相關的工具，不過你可能已經注意到了，如果真要說的話，我是個消極主義者。

一切都準備好之後，歐芙賽、拉銻和李蘋爬上接駁艇，我則滿心期待地站在貨物艙。可是曼莎指了指組員艙，我只好躲在不透明面罩底下皺著眉爬進去。

4

我們飛了整夜。人類拍了些掃描圖，互相討論著出了我們任務範圍之後見到的新地表環境。自從知道地圖不完全可信之後，能看見外頭的模樣對他們來說特別有趣。

曼莎替每個人分配了守夜班次，包含我在內。這倒是頭一遭，但我不排斥，因為這麼一來就表示我有大把時間不需要全神貫注，也不用假裝全神貫注的模樣。曼莎、李蘋和歐芙賽輪著擔任駕駛和副駕駛，所以我不用擔心自動駕駛企圖謀殺我們的問題，也可以進入待命模式，看我存下來的影集。

我們已經升空一陣子了，曼莎是駕駛，李蘋坐在副駕的位置，這時在位置上的拉鍊轉過來面對我說：「我們聽說——有人告訴我們，仿生機器人……有部分的建構材料是複製人類取得的。」

我謹慎地停下正在看的影集。我不太喜歡這話題可能發展的方向。所有相關資訊都屬於基本知識庫的範疇，公司提供的型號介紹上面也有寫。身為一個科學家之類的，他都已經知道了。他也不是明明可以自己查、卻還是跑來問的那種人。「沒錯。」我非常小心地回答，確保聲音盡可能一如往常地不帶任何情緒。

拉錦的表情看起來很糾結。「但是你一定……很顯然你也是有情緒的——」

我的身體一縮。我克制不住。

歐芙賽正在處理訊號，分析任務中取得的數據。她抬起頭，皺眉說：「你在幹嘛，拉錦？」

拉錦一副被抓包的模樣挪了挪身體。「我知道曼莎叫我們不要這麼做，可是——」他揮手，「妳自己也看到了啊。」

歐芙賽扯下控制介面。「你讓它不開心了。」她咬牙說道。

「這就是我的意思啊！」他一副挫敗的樣子。「這樣使用它們很差勁，糟透了而且根本就是奴役。它的機器人程度也沒比葛拉汀多——」

歐芙賽氣急敗壞地說：「你覺得它會不知道嗎？」

本來客戶想對我做什麼、說什麼，我都應該都隨便他們，若是控制元件完好如初，我也沒有什麼選擇。除了回報公司以外，我也不該把客戶的事情拿去對其他人打小報告，但如果不這麼做，我就只能選擇跳出艙外了。所以我把這段對話傳到通訊頻道上，標記了曼莎。

她在駕駛艙裡大吼：「拉銻！我們已經討論過這件事了！」

我站起來溜走，挪到接駁艇最尾端，盡可能躲得遠遠的，面對著角落的補給品櫃。這是錯誤之舉，不是具備完好如初的控制元件的維安配備會做的事，但他們沒有注意到。

「我會道歉啦。」拉銻說。

「不，別去煩它。」曼莎對他說。

「你跑去道歉只會讓情況更糟。」歐芙賽也說。

我一直站在那裡，直到大家都冷靜下來、恢復安靜，然後才溜到後頭的座位坐下，繼續看我的影集。

我感覺到主頻道訊號斷掉是在差不多半夜的時候。

我沒有在用主頻道，但我把無人機蒐集到的維安系統訊號和內部攝影機畫面暫時另存，偶而打開來檢查一下，以確保一切無礙。這段時間裡，留在活動區的人類的動靜比平常時候來得多一點，可能是對於我們在戴爾夫小組的區域可能會發現的資訊感到焦慮。我聽到過亞拉達偶而走動的腳步聲，沃勞斯古則在寢室裡打呼。芭拉娃姬已經可以搬回自己的房間，但她一直坐立不安，在主頻道裡回頭翻看自己的活動筆記。葛拉汀在活動艙內處理自己的系統。我好奇他具體是在做什麼，我正準備要開始透過居住艙系統小心地刺探。主頻道訊號斷掉的時候，感覺像是有人往我大腦有機的部分甩了一巴掌。

我坐直身體說：「衛星斷線了。」

除了正在擔任駕駛的李蘋以外，其他人全都立刻伸手抓起自己的控制介面。我看見他們發現訊號一片死寂時的表情。曼莎從椅子上站起來，走到後頭。「你確定是衛星斷線嗎？」

「我確定，」我對她說。「我正在朝衛星發送訊號，但是完全沒有收到回應。」

我們還是能透過接駁艇系統維持與地面直接連線，所以可以利用這個管道來溝通，包含對談和互傳檔案。只是比起還連在控制系統時能使用的數據，現在開始會少很多，因為我們的距離已經遠到需要用衛星傳播。

拉銻把控制介面接上接駁艇的訊號頻道，開始檢查掃描圖。掃描圖上只有空蕩蕩的天際。我也有把掃描圖暫時另存，不過另外加了個設定，只要出現能量讀數或大型生物跡象就通知我。他說：「我剛突然頭皮發麻。有人也一樣的嗎？」

「有一點，」歐芙賽說。「這也太巧了吧？」

「該死的衛星從我們來到這裡就一直會偶爾斷訊，」李蘋在艙內伸手指向外頭。「只是我們平常不太需要用它來通訊罷了。」

她說得有道理。我的責任包含每隔一段時間就檢查他們每個人的個人紀錄，以防他們暗地計畫詐騙公司或謀殺彼此之類的。上次我確認李蘋的資料時，就看見她在追蹤衛星的問題，想要查明故障狀況是否有固定的模式。這也是許多我不在意的事之一，因為反正娛樂頻道只會偶爾更新，我下載也是放在地面儲存空間。

拉銻搖搖頭。「但這是我們第一次離活動區的距離遠到需要用衛星來通訊。感覺就是有點奇怪，而且不是好的那種。」

曼莎環顧大家。「有人想掉頭嗎？」

我想，但我沒有投票權。其他人沉默片刻，然後歐芙賽說：「如果戴爾夫小組真的需要幫忙，但我們卻沒有去，那我們會有什麼感覺？」

「如果我們有機會救人一命，那就得把握這機會。」李蘋同意道。

拉錛嘆了口氣。「妳們說得對。如果有人因為我們太過小心而喪命，我絕對會很難受。」

「那我們有共識了吧，」曼莎說，「繼續前進。」

我寧可他們選擇太過小心。我不是沒在其他任務期間碰上公司的設備短路得這麼厲害的經驗，然而這整件事不知怎地讓我覺得情況沒那麼簡單。但就只是一種感覺。

還有四小時才輪到我值班，所以我切換至待命狀態，埋首之前存下來的影集。

抵達的時候已經是清晨時分。戴爾夫小組把活動區蓋在一座高山環繞的峽谷之中。溪床像蜘蛛網一樣，切割草地和低矮的樹叢。他們的任務規模比我們的大，有三座相連的活動區，還有星表傳動車專用的車棚，加上一大片降落區給兩架大型接駁艇、一架貨運艇和三駕小接駁艇使用。不過這些都是公司的設備，按照合約內容發配，也可能全都跟他們丟給我們的垃圾有相同的故障問題。

外頭沒有人，沒有動靜。沒有破壞的跡象，沒有任何危險生物接近的痕跡。衛星還沒有恢復，但是等我們一進入通訊範圍，曼莎就一直在嘗試聯繫戴爾夫小組。

「他們的交通工具有少嗎？」曼莎問。

拉鎂看了看啟程前我從居住艙系統下載下來的資料，檢查他們該有的交通工具數量。「沒有，接駁艇都在，星表傳動車也都在車棚裡的樣子。」

隨著距離越來越接近，我也移到了前艙。

我站在駕駛座後方說：「曼莎博士，我建議妳降落在他們的活動區邊界外。」

我用地面頻道傳送我手邊所有的相關資訊給她，就是他們的自動系統對接駁艇傳送的呼叫有反應，但也只有這樣。我們收不到他們的訊號，這表示他們的居住艙系統在待命模式。他們的三架維安配備都沒回應，連一個訊號都沒有。

坐在副駕的歐芙賽抬起視線望向我。「為什麼？」

我得回答這問題，所以我說：「維安標準程序。」聽起來很有那麼一回事，又沒有暴露太多我的想法。外頭沒人，沒有人回應對講機。除非他們全都跳上星表傳動車去度假，還把居住艙系統和維安配備關機，不然他們就是死了。消極主義者無誤。

但是沒親眼看見就不能確定。因為有一層純粹只為了保護專利數據資料不遭竊的保護蓋擋住，接駁艇的掃描器看不見活動區內部，我們無法取得任何生命跡象或能量讀數。

這就是為什麼我不想來。我面前是四個好手好腳的人類，我不想要他們被消滅戴爾夫小組的不明物體殺掉。並非我本身有多在乎他們，而是因為這對我的紀錄會有不良影響，更何況我的紀錄本來就不太好看了。

「只是要謹慎行事，」曼莎回答歐芙賽。她把接駁艇降落在山谷邊緣，離溪流比較遠的那一側。

我透過通訊頻道給曼莎幾個提示，告訴她他們該拿出生存裝備裡的手持武器、拉錦應該留在接駁艇裡，艙門關緊上鎖，因為他從沒上過武器訓練課程。最重要的是，我該走最前面。他們都很安靜，心情低落。直到此時此刻，他們可能都認為這件事八成是天然災害導致，覺得自己是要到倒塌的活動區裡挖出生還者，或者是幫忙擊退攻擊者一號的同類。

但這情況不是那麼回事。

曼莎下了指令後，我們開始前進。我走在最前面，人類則在我身後幾步外距離。他們穿上了全套裝備和頭盔，雖然有些保護力，但主要是為了抵禦環境毒物汙染，不是為了在其他持有重裝武器配備的人類（或者暴怒的當機維安配備）企圖殺死他們的情況下發揮防禦力。我其實比拉鎹還要緊張，他在通訊器裡顯得侷促不安，一邊監看掃描圖，一邊差不多是每走一步就叫我們小心點。

我有內建的能源武器，懷裡抱著大型發射武器。我還有六架無人機，是從接駁艇的補給品中找出來的。透過訊號頻道，無人機目前都在我的控制之中。這六架都是小型機種，直徑僅有將近一公分，沒有武器，只有攝影鏡頭。（他們還有做一批只比這款大一點點的無人機，上頭裝有小型脈衝武器，但要選購給大型任務使用的那種、比較高級的企業服務內容才能用到。）我下令無人機起飛，啟動偵查模式。

我這麼做只是因為我覺得這樣好像很合理，並不是因為我知道自己在幹嘛。我不是格鬥型殺人機，我是維安機器人。我的工作是確保沒有東西攻擊客戶，並嘗試溫和地勸導客戶不要攻擊彼此。來到這裡要做的事已經完全超出了專業範圍，這也是另一個我不想要人類來這裡的原因。

我們越過淺溪，把一群水生無脊椎生物嚇得在我們靴子旁四竄。林木都很矮，也算是稀疏，讓我能夠從這個角度看清楚營區。不論是透過目測或是利用無人機的掃描器，我都偵測不到任何一架戴爾夫小組的維安配備。接駁艇上的拉鍊也什麼都沒偵測到。我真的、真的很希望能夠定位出維安配備的位置，可是我完全沒有他們的消息。

維安配備對彼此並沒有情感存在。我們不是朋友，不像影集裡的角色那樣，也不像我的人類之間擁有的那種關係。我們不能信任彼此，就算是一起工作，或者沒有客戶為了好玩下令要維安配備互相攻擊也一樣。

掃描讀數顯示邊界感應器全無反應，無人機也沒有接獲任何警告訊號。戴爾夫小組的居住艙系統已經停擺，沒有居住艙系統，裡面的人就不能接收我們的通訊頻道訊號或呼叫，就理論上來說是這樣。我們越過邊界，進入他們的接駁艇起降區。起降區位於我們與第一座活動區之間，車庫位於一側。我帶著大家朝一個角度前進，想要看看主活動區的門，但我同時也在檢查地面。由於走動和接駁艇起降的緣故，地面上幾乎沒有草皮。從衛星停工之前我們收到的氣象報告顯示，這地方昨晚下過雨，泥地已經硬化。也就是從昨晚到現在，這裡都沒有動靜。

我把這項資料透過通訊頻道傳給曼莎，她告訴其他人。李蘋壓低了音量說：「所以不論發生了什麼事，距離我們跟他們透過通訊器聯繫那次並不是太久。」

「他們不可能被其他人攻擊才對，」歐芙賽氣音說道。其實沒有用氣音說話的必要，但我懂那種衝動。「這個星球上又沒有別人。」

「這顆星球上本來就應該沒有任何人。」拉銻的口氣陰鬱，聲音從接駁艇上透過通訊器傳來。

這顆星球上還有三架維安配備，而且他們不是我，光這點就夠危險了。我看見主活動區的艙門，門緊閉著，上頭沒有任何遭闖入的痕跡。無人機已經繞了整座建築一圈，讓我得以看到其他出入口也是一樣的狀況。就這樣。危險生物是不會來門前請對方放行的。我把畫面傳送到曼莎的通訊頻道，然後開口說：「曼莎博士，我來進入比較好。」

她猶豫了一下，看了看我剛傳給她的東西。我看見她的肩膀一緊。她大概跟我有了一樣的結論，或至少體認到那是最有可能的情況。她說：「好吧，我們在這裡等。記得讓我們看到畫面。」

她說「我們」，而且她如果沒這意思就不會這樣說，不像我之前遇過的一些客戶。

我把我身上的攝影畫面分享給四個人，然後開始前進。

我把四架無人機召回，留下兩架巡邏邊界。經過車棚時我檢查了一下，車棚的開口在一側，後方有些密封的儲物櫃。四臺星表傳動車都在裡面，電源關閉，沒有近期使用過的跡象，所以我沒有走進去。我不會花時間搜索小型儲藏空間，除非我們已經走到必須要搜找所有遺體部位那一步。

我走到第一座活動區的艙門口。我們沒有進入密碼，所以我原先預期會需要炸開艙門，但我輕點按鈕的時候，門就這樣自己滑開了。我透過通訊頻道告訴曼莎，接下來我都不會在通訊器上發出聲音說話。

她在訊息上點下已讀，我聽見她告訴其他人登出我的通訊頻道和通訊器，由她來跟我一對一溝通，這樣我才不會分神。曼莎小看了我無視人類的能力，但我很感謝她的體貼。拉銻用氣音說：「小心點。」然後掛了線。

我舉起武器往前走，穿過裝備置物櫃，進入第一條走道。「裝備都在。」曼莎看著攝影機畫面，聲音在我耳邊響起。我派出四架無人機前進，維持室內偵查模式。這個活動區比我們的好，廳堂都比較寬敞，也比較新，而且空無一人，靜默無聲，腐肉的氣味從我的頭盔過濾氣飄進來。我往主基地移動，那裡應該是他們的主要組員區域所在位置。

燈光還亮著，空氣從通風管裡斷斷吹出，但他們的系統頻道都關掉了，我進不去他們的維安系統。我真想念我的監視攝影機。

我在通往主基地的艙門邊發現第一架維安配備。它呈大字型躺在地上，胸前的盔甲被打穿，留下一個大約直徑十公分左右、深度超過十公分的洞。我們是很難殺的，但是這洞可以辦到。我簡單掃描一下，確認它已無行動能力，然後就跨過它走進組員區。

主基地裡有十一具樣貌悽慘的人類死屍，癱倒在地上、椅子上、監控工作臺上，他們身後的投影區有發射型武器和能源武器開火留下的痕跡。我在通訊頻道上敲了敲曼莎，請她退回接駁艇上。她表示收到訊息，我也接收到屋外的無人機提醒，告訴我人類開始撤退了。

我走向走廊另一頭，來到通往食堂、醫療室和寢室的艙門。無人機告訴我這裡的平面圖跟我們的活動區非常相似，除了偶爾會在走廊上遇到死人癱倒在地上這點以外。

殺掉那臺維安配備的武器不在主基地裡，而且那臺維安配備是背對著門死的。看來戴爾夫小組的人類有收到相當的警報，足以讓他們開始動作，前往其他出入口，但是別的東西已經朝他們的方向過來，把他們困在這裡。我認為那臺維安配備是在企圖保護主基地的情況下犧牲的。

也就是說，我要尋找另外兩臺維安配備。

也許這群客戶很壞，會虐待維安配備，也許他們活該。我不在乎。沒有人可以碰我的人類一根寒毛。要確保這點，我得先殺掉那兩臺失控的維安配備。到這個階段我已經大可抽身離開，破壞這裡的接駁艇，再把我的人類帶離這裡，讓這兩臺失控的維安配備留在海洋這一頭。這樣做才聰明。

但我想殺掉他們。

我的其中一架無人機發現兩名人類死在食堂裡，而且死得很突然。他們本來還在把食物包從加熱區取出，一邊整理桌面準備用餐。

我一面穿過走廊和房間，一面利用畫面搜索接駁艇的配備資料庫。死掉的那臺維安配備可能是被礦物調查工具殺掉的，比方加壓或聲波鑽孔機。我們的接駁艇上有一架，是基本配備之一。你得夠接近才能造成足以打穿盔甲的力道，大約一公尺多一點。

在活動區裡，拿著能打穿盔甲的發射型武器或能源武器走向另一臺維安配備一定會引起懷疑，但你可以拿著可能是人類請你去取的工具接近其他殺人機。

我走到建物另一頭的時候，無人機已經繞完第一座活動區。我站在通往第二座活動區的窄小走廊艙口。一名人類就倒在另一頭，艙門開著，半身在艙門內，半身在艙門外。要進入下一座活動區，我一定得跨過她才能把艙門完全打開。

光從屍體的姿態，我就發現有事情不對勁。我利用身上的攝影鏡頭放大近看那條伸出來的手臂肌膚。屍斑錯了，她被射中胸腔或臉部後仰躺倒地有一段時間了，不久前才被移到這裡來。可能是發現我們的接駁艇要過來的時候。

我透過通訊頻道告訴曼莎我需要她做什麼。她什麼也沒問。她一直在看我的攝影畫面，到現在這階段已經明白了我們要面對的是什麼。她點下已讀通知我，然後對著對講機開口：「維安配備，我要你停留在原地等我抵達。」

我說：「遵命，曼莎博士。」然後從艙門口退開。我移動的速度很快，回到維安準備中心。

能有個人類聰明到可以像這樣合作，感覺滿好的。

我們自己的那款活動區沒有這個設計，但是這種大一點的就會有屋頂通道，我安排在戶外的無人機看得一清二楚。

我爬上梯子，把屋頂通道上的艙門推開。盔甲的靴子有磁力攀爬鉗，我利用這個功能越過弧形屋頂，來到第三座活動區，然後繞回來從第二座活動區的後方接近他們。如果我走比較快的路接近那兩臺叛變的機器人，他們再笨也一定會注意到我發出的聲響。

（他們實在不是最聰明的殺人機，想掩蓋搬動屍體的痕跡，卻只記得清理兩座活動區之間的走廊，這應該只騙得過沒注意到其他地面全都布滿灰塵的人。）

我打開第二座活動區的屋頂通道，先派無人機先潛入維安準備中心。檢查過隔間、確認沒人在家後，我才爬下梯子。

還有很多裝備留在原地，包含他們的無人機。有一大盒全新的無人機，但是沒有戴爾夫居住艙系統，這些東西都派不上用場。這裡的居住艙系統如果不是真的完全斷線了，就是假裝斷線並且裝得很好。我還是把一部分的注意力放在居住艙系統上，如果系統突然上線、重新啟動監視攝影機，遊戲規則就會全面翻轉。

我讓無人機緊跟著我踏上內部走廊，無聲地經過被打爆的醫療室艙門。三名試圖躲在這裡、結果被自己的維安配備炸開艙門屠殺的人類屍體就堆在裡頭。

在我接近那條有兩臺維安配備埋伏在艙門後、等著我和曼莎博士自投羅網的走廊時，先派出無人機仔細檢查一番。果不其然，它們就在那裡。

由於我的無人機沒有搭載武器，唯一的方法就是搶快。所以我衝過最後一個轉角，撞上另一邊的牆面，一個翻身往前撲，同時朝對方開槍。

我用三發爆破電流打中第一臺維安配備的背部，它轉過來面對我的時候，我又往它的面部射了一發。它倒下了。我抓住另一臺的手臂，拽開關節處。它犯下了一個錯誤，就是把主要武器換到另一隻手上，此舉給了我額外的幾秒空檔。我改用連續開火讓它失去平衡，然後再換回爆破電流，成功放倒了它。

我癱坐在地上，需要點時間恢復。

我攻下第一臺維安配備的時候，至少吃了十二發能源武器攻擊，但它們的爆破電流沒打中我，直接和我擦身而過炸了走廊。就算身穿盔甲，我身上還是有些地方失去了知覺，不過我只有右肩被三發發射型武器擊中，還有左臂被擊中四發而已。這就是我們打鬥的方式：撲向彼此，看誰的身體零件先撐不住。

兩臺維安配備都沒死，但是也沒辦法自行回準備中心的修復室。不用說，我是絕對不會幫忙的。

我的無人機有三架也被擊落了，它們切換成戰鬥模式，撲到我前方分散火力。其中一架被能源光束掃到，有點故障，在我身後的走廊裡飛來飛去。出於習慣，我確認了一下另外兩架邊界無人機的狀況，然後啟動通訊器對曼莎博士報告，要等我徹查剩下的區域才能正式確認生還者數量。

我身後的無人機發出嘶嘶聲後斷電了，我有聽見，在控制頻道上也有看見。我想我應該當下就意識到那代表了什麼，但在這之間可能有半秒左右的延誤。我本來還站著，突然間有個東西擊中了我，力道之大讓我瞬間倒地，系統也直接關閉。

我恢復上線狀態時沒有視覺，沒有聽覺，動彈不得，還連線不上主頻道或對講機系統。不妙啊，殺人機，大不妙了。

我突然感覺到一波古怪的感受，全都是來自我的有機部位。臉上、手臂上有風，是從我身上太空衣的破口吹進來的。我的肩膀傷口痛得跟火燒一樣。有人取走了我的頭盔和上半身的盔甲。這些感覺一次只出現幾秒鐘。感覺好奇怪，我只想大叫。也許這就是殺人機死去的方式。先失去功能，斷線，但是身上還是有些地方能夠運作，有機的部分靠著電池裡衰減的電量還活著。

然後我意識到有人在移動我，這下我真的想放聲大叫了。

我強壓下驚恐的心情，又感覺到幾波古怪的感受。我沒死。我麻煩大了。

我等著看看有沒有一些功能會恢復，心裡焦急如焚，完全不知道自己身在何方，嚇得半死，想著為什麼他們沒在我胸口轟出個大洞。最先出現的是聲音，然後我知道有人往我靠了過來。關節發出的細微聲響告訴我對方是維安配備。可是那裡只有三架才對啊。我們離開之前我已經先確認過戴爾夫的配備表了。我有時候工作的確是敷衍了事，好啦，大多時候，但是李蘋也檢查了，她可是很仔細的。

這時，我的有機部位開始刺痛，麻痺感退了。我的初始設計就是要讓有機部位與機械部位合作，平衡感覺統合的部分。沒了這個平衡，我覺得自己就像是漂浮在半空中的氣球。我胸口的有機部位感覺到一塊堅硬的平面，這點讓我赫然注意到自己的姿勢。我面朝下趴著，一條手臂垂下。我被放在桌面上？

這絕對不是好事。

有股壓力出現在我的後背，然後是頭。我身體的其他部位都在漸漸恢復感覺，但很慢，非常慢。我試著抓了一下通訊頻道，可是沒辦法連上。這時有東西往我的後頸一捅。

那是有機的部位，在我身上其他部分都斷線的情況下，沒有東西可以控制我的神經系統接收到的感覺──好像有人要把我的頭鋸斷。

一道電流流過我的身軀，突然間，我全身的感受都上線了。我讓左臂脫臼，好讓自己可以用一種人類、強化人或殺人機的身體通常無法達成的方式動作。我往壓力來源處以及後頸刺痛處伸手，抓到一個穿戴著盔甲的手腕。我全身用力一扭，扯著對方翻離桌面。

我們撞上地面，一邊翻滾，我一面用一條腿繞住那臺維安配備。它想伸手去啟動內建在前臂的武器，但我的反應速度快到爆表，直接用手鉗住武器閥口，讓它無法整個打開。我的視線已經恢復，可以看見它不透明的面罩就在我幾吋距離外。我的上身盔甲被脫到腰部，這只讓我變得更憤怒。

我把它的手推到下巴下方，然後鬆開鉗住閥口的手。它有那麼一秒鐘可以試著取消開火指令，但它失敗了。能源光束穿透我的手和它的頭盔與頸部的銜接處。它的頭往後一甩，身體開始抽動。

我鬆開它，時間足以讓我跪起身，把完好的那條手臂繞在它的脖子上，然後用力一扭。

感覺到機械和有機體的連接處斷開，我才放開手。

我抬起頭，另一臺維安配備就站在門邊，手上舉著大型發射武器。到底有多少這種該死的東西？不重要了，我想把自己撐起來，可是我的速度不夠快。只見它一個抽動，放下武器，往前撲倒。我看見兩件事：它背上那個十公分的大洞，還有站在它身後的曼莎，手上拿著一架看起來非常像是從我們的接駁艇上拿下來的聲波鑽孔機。

「曼莎博士，」我說，「這是違反維安重要程序的行為，我基於合約的限制，必須錄下此舉以回報給公司——」內容在緩衝中，我的大腦剩下的部分都空了。

她無視我，只顧著透過通訊器跟李蘋對話，一邊一個大步走來抓住我的手臂開始拉。我對她來說太重了，所以我撐起身以免她傷到自己。我開始意識到曼莎博士可能真的是一個無畏的銀河系探險家，即便她跟娛樂頻道上的那些人一點都不像。

她一直拉我，所以我一直移動。我其中一邊股骨的關節處有點怪。噢，對了，我那裡被開了一槍。鮮血流過我被扯破的貼身太空衣，我伸手去摸脖子，原以為會摸到一個大洞，可是卻摸到有個東西塞在那裡。「曼莎博士，這裡可能還有更多叛變的配備，我們不知道——」

「所以我們得加快速度。」她一邊說一邊拖著我走。她帶上了外面最後兩臺無人機，可是它們只會一無是處地在她的頭上打轉。人類無法在主頻道裡同時控制無人機又做其他事，像是走路和講話。我連上了無人機，但依舊無法取得跟接駁艇之間的連線。

我們轉過一條走廊，歐芙賽等在外艙門口。一看見我們倆，她立刻按下了開啟紐。她手上舉著手持型武器，我發現曼莎把我的武器夾在她另一條手臂下。「曼莎博士，我需要我的武器。」

「你少了一隻手和一部分肩膀，」她斷然說道。歐芙賽抓住我的貼身太空衣，幫忙把我拖出艙門。空氣中風塵飄揚，接駁艇就停在兩公尺外，離活動區的延伸型屋簷沒多遠。

「是啊，我知道，可是——」艙門打開了，拉銻探出頭來，抓住我的貼身太空衣領口，把我們三人一起拉進艙內。

起飛時，我倒在甲板上。我得處理一下我的股骨關節。我試著檢查掃描圖，確保沒有人在地面對著我們開火，但即便人在這裡，我跟接駁艇系統的連線仍然很弱，訊號閃動太頻繁，儀錶板的報告我全都看不到，感覺就像有東西在阻擋……

喔，不。

我的後頸又有感覺了。那種阻礙感消失了大半，但是我感覺得到有東西出現在資料庫裡面。我的數據資料庫。

戴爾夫小組的維安配備沒有叛變，他們是被輸入了格鬥覆寫模組。這種模組能讓植入者操控維安配備，讓它們從一種大多數情況下都擁有自主意識的獨立配備變成持槍傀儡。頻道連線被截斷，通訊器受控制，功能表現則取決於命令的複雜程度，但「殺掉人類」可不是什麼複雜的命令。

曼莎站在我身邊，拉鎷靠在一張椅子上，探頭望向戴爾夫的營區，歐芙賽打開其中一座儲物櫃。他們在交談，但是我聽不見。

我坐起身說：「曼莎，妳得把我關機。」

「什麼？」她低頭望向我。「我們會想辦法——緊急維修——」

聲音開始破碎，這是下載的訊號瘋狂湧入我的系統的緣故，我的有機部位不習慣處理這麼大量的訊息。「那臺不知名的維安配備在我身上插入一臺數據載具，一種格鬥覆寫模組。它正在下載指令到我體內，會覆寫我的系統。這就是為什麼那兩臺戴爾夫的配備會叛變。妳得阻止我。」我不知道自己為什麼要婉轉地說話。也許是因為我覺得她不想聽。畢竟她才剛拿著聲波鑽孔機打倒一臺重裝維安配備把我救回來，可以預期她會想繼續保留我。「妳得殺了我。」

他們似乎花了一輩子那麼久的時間才意識到我在說什麼、才理解他們剛剛透過我的攝影鏡頭看到的畫面，看來我測量時間的能力也開始當掉了。

「不，」拉鎷說，低頭看著我，滿臉驚恐。「不，我們不能——」

歐芙賽丟下修復工具，爬過兩排座位對著李蘋大喊。我知道她是要去駕駛艙接手駕駛工作，讓李蘋來修我。我知道我可能會殺掉整艘接駁艇上的人，就算一邊股骨壞損且只剩一條手臂可用也一樣。

所以我抓起放在座位上的手持型武器，把槍口轉向我的胸口，扣下了扳機。

性能狀態 10%，持續下降中，啟動關機程序。

5

我重新連上線的時候只覺得遲緩無力，不過還是慢慢地循環進入甦醒模式。我感到焦躁不安，所有的指數都不對，而且我完全不知道原因。我把個人紀錄倒帶重看了一次。噢，對喔。

我不該醒來的。我希望他們沒那麼傻，在那裡心太軟下不了手殺掉我。

你應該有注意到，我沒把槍口對準自己的腦袋。我不想自殺，但是該做的還是得做。我也可以用其他方法讓自己失去行動能力，但還是承認吧，我就是不想坐在那裡聽他們說服彼此說他們也別無選擇。

診斷功能啟動，並通知我格鬥覆寫模組已經被移除。有那麼一瞬間我不相信這是真的。我啟動維安頻道，找到醫療中心的攝影機畫面。我就躺在手術臺上，盔甲已經被除去，只穿著剩下的貼身太空衣，人類聚集在一旁。這畫面真是有點驚悚。但我的肩膀、手和臂部都已經修復完畢，也就是說我已經回修復室過了。我把記錄再往回倒一點，看著李蘋和歐芙賽在手術室裡動作熟練地從我的後頸取出那個格鬥模組。心中的大石放下了，我重看了兩遍錄影畫面，然後再跑一次診斷程序。我的紀錄都被清空了，只剩下進入戴爾夫活動區之前就有的東西。

我的客戶真的是最棒的客戶。

然後我的聽力恢復了。

「我已經透過居住艙系統限制它的行動能力了，」葛拉汀說。

這樣啊。好吧，這就解釋了現在的狀況。我還是能連接維安系統，所以我通知維安系統先暫停居住艙系統的連線，同時啟動我的緊急程序。這個功能是我裝的，用活動區環境噪音來取代一小時左右的居住艙系統錄製的畫面音軌。對任何透過居住艙系統聽我們舉動的人，或試圖回放錄影的時候，看起來會像是所有人都突然停止談話。

葛拉汀此話一出，顯然出乎眾人意料，各種反對言論立刻湧現，主要來自拉銻、沃勞斯古和亞拉達。

李蘋不耐煩地說：「又沒有危險。它朝自己開槍的時候就已經停止了下載流程。我也移除了幾個已經複製過去的叛變編碼。」

歐芙賽說：「你自己想不想執行診斷程序，因為你——」

我可以聽見他們在房裡的講話聲，同時又能透過鏡頭畫面聽見談話，所以我把鏡頭切換成只剩畫面。曼莎舉起手示意大家安靜。她說：「葛拉汀，怎麼了？」

葛拉汀說：「在它離線的期間，我利用居住艙系統進入它的內部系統和紀錄。我想要確認一些之前從主頻道上就注意到的一些異常狀況。」他朝我示意。「這臺配備已經是叛變狀態。它的控制元件被駭了。」

在娛樂頻道上，此刻就是他們會說「該死」的時候。

透過攝影鏡頭，我看見他們一頭霧水的模樣，但沒有起戒心。還沒有。

剛剛才在我的內部系統東翻西找過的李蘋雙臂抱胸。她的神情銳利，帶著質疑。「我覺得這話可信度很低。」她沒有加上「你這渾帳」，但那意思已經在口氣裡了。她不喜歡任何人質疑她的專業。

「它不需要聽從我們的命令，沒有東西可以控制它的行為，」葛拉汀說，態度開始有點不耐煩。他也不喜歡有人質疑他的專業，但他沒有像李蘋那樣表現出來。「我讓沃勞斯古看過我的評估，他也同意我的說法。」

我有一點覺得被背叛，滿蠢的。沃勞斯古是我的客戶，我雖然救過他一命，但那就是我的工作，不是因為我喜歡他。不過沃勞斯古緊接著說：「我沒同意你的說法啊。」

「那控制元件有正常運作嗎？」曼莎皺眉望著他倆問。

「沒有，絕對被駭了，」沃勞斯古解釋道。沒有被巨大生物攻擊的時候，他其實是個滿冷靜的傢伙。「控制元件與維安系統間的連繫有部分被截斷。元件還是可以傳送指令，但是不會執行，不會控制行為或執行懲處。但我認為這臺配備在自由的狀態下曾拯救我們的性命、照顧我們，這點讓我們更有理由相信他。」

好，我還是喜歡他。

葛拉汀堅持道：「我們從抵達這裡就一直被暗中作梗。消失的危害報告、消失的地圖區域。維安配備絕對是其中的原因之一。它是在替公司做事，八成是他們不想要這個星球被研究之類的。戴爾夫小組一定是遇到一樣的狀況。」

拉鎂一直在等著可以打斷的時間點。「肯定有事不對勁。戴爾夫小組的規格書裡面說他們有三臺維安配備，但現場卻有五臺。有人在搞我們，但是我不認為我們的維安配備也有參與。」

芭拉娃姬作結：「沃勞斯古和拉銻說得對。如果公司真的下令要維安配備殺我們，我們早就死光了。」

歐芙賽聽起來很氣。「它告訴我們格鬥模組的事，要我們把它殺了。如果它想傷害我們，幹嘛還要這樣搞？」

我也喜歡她。而雖然我最不想做的事就是參與這段對話，替自己辯解的時候到了。我還是閉著眼睛，從攝影鏡頭看他們，因為這樣比較簡單。我逼自己開口說：「公司沒有想要殺你們。」

他們都愣住了。葛拉汀開口要說話，李蘋噓聲阻止了他。曼莎往前走了一步，一臉憂心地看著我。她就站在我身邊，葛拉汀和其他人則鬆散地繞著她身邊站成一圈。芭拉娃姬離得最遠，她坐在椅子上。曼莎說：「維安配備，你怎麼知道？」

雖然是透過攝影機，這過程還是很艱難。我試著假裝自己人在修復室裡。「因為如果公司想要危害你們，他們可以透過循環系統在補給品裡下毒。公司意外讓你們喪命還比較有可能。」

眾人花了片刻時間思考公司要破壞環境系統設定有多容易這件事。拉錦開口：「但是那一定會——」

葛拉汀的表情比平時還僵硬。「這臺配備之前就殺過人，殺的還是它該保護的人。它殺過五十七個採礦作業的成員。」

還記得我之前說過關於我駭進自己的控制元件，卻沒變成瘋狂殺人魔的事吧？那話只有部分正確。我其實本來就是瘋狂殺人魔了。

我不想解釋。可是我必須解釋。我說：「我駭自己的控制元件不是要殺我的客戶。我的控制元件故障了，因為愚蠢的公司只會買最便宜的零件。元件自己故障，我控制不了系統，所以殺了他們。事發後公司把我召回，裝了新的控制元件到我身上。我駭了那元件好避免這種事情再次發生。」

應該差不多就是這樣吧。我唯一可以肯定的事情就是在我駭了控制元件之後，這種事就沒發生過了。而且這樣說，故事也比較好聽。我看了夠多影劇，知道像這種故事應該要怎麼講才好。

沃勞斯古看起來很哀傷，他輕輕聳聳肩。「我看過葛拉汀取得的維安配備個人日誌，內容可以證實這件事。」

葛拉汀不耐煩地轉向他。「日誌內容能證實這件事，是因為這是維安配備相信的內容。」

芭拉娃姬嘆了口氣。「但我還在這裡，還活著啊。」

這次的沉默更糟了。從畫面上，我看到李蘋舉止猶豫，目光瞥向歐芙賽和亞拉達。拉銻抹了抹臉。然後曼莎低聲說：「維安配備，你有名字嗎？」

我不確定她要的是什麼。「沒有。」

「它自稱『殺人機』。」葛拉汀說。

我睜眼望向他，我忍不住。從他們的表情看得出來，我的感受全寫在臉上了，我討厭這樣。我咬著牙說：「那是私人資訊。」

這次的沉默更久了。

然後沃勞斯古說：「葛拉汀，你想知道它平常怎麼打發時間對吧，你一開始看它的日誌就是為了這個。告訴他們。」

曼莎挑眉。「怎麼樣？」

葛拉汀猶豫了一下。「從我們降落之後，它下載了七百小時的娛樂節目，大多是影集。其中大多是一齣叫做《明月避難所之風起雲湧》的連續劇。」他搖搖頭，一臉鄙視。「它可能是利用這個方法把資料編碼給公司。不可能真的是在看劇，還追那麼多集，真要是這樣我們一定會注意到的。」

我嗤之以鼻。他也太小看我了。

拉鎍說：「講殖民地的法官殺了外星環境地球化的主管，而那主管正好是她人工受孕的寶寶的次要捐贈者的那部劇嗎？」

我再次按捺不住地開口：「她沒殺他，那根本他媽的是騙局好嗎。」

拉鎍望向曼莎。「沒錯，它有看。」

一臉著迷不已的李蘋問：「但你是怎麼駭自己的控制元件的啊？」

「所有的公司設備都一樣。」我有次收到一包下載資料，內容包含公司系統的所有規格資訊。那時我被困在修復室不知道要幹嘛，就用這內容來破解控制元件的編碼。

葛拉汀看起來還是很堅持，但他什麼都沒說。我猜他大概就只知道這麼多，現在換我來說了。我說：「你們都搞錯了。居住艙系統讓你們讀我的日誌，讓你們找到我被駭的控制元件，這就是暗中破壞的一部分。因為我想保下你們的小命，他們想讓你們不再相信我。」

葛拉汀說：「我們不需要相信你，我們只要繼續讓你沒有行動能力就好。」

好，這件事說來好笑。「沒有用的。」

「為什麼？」

我翻身下桌，一手抓住葛拉汀的喉嚨把他壓在牆上。過程很快，快到他們來不及反應。我停了一秒讓他們意識到剛剛發生了什麼事、讓他們震驚，讓沃勞斯古小聲喊了一句「唉呦喂啊」。

我開口：「因為居住艙系統跟你們說我被控制住行動的時候是在騙你們。」

葛拉汀漲紅了臉，但要是我真的開始施壓會更紅。大家都還沒辦法動的時候，曼莎開口了，口氣冷靜平穩。「維安配備，麻煩你放下葛拉汀，謝謝。」

她真的是一位非常優秀的指揮官。我要找時間駭進她的履歷檔案，把這點加進去。

如果她當下發脾氣、出聲大喊、讓其他人陷入恐慌，我不知道會發生什麼事。

我告訴葛拉汀：「我不喜歡你，但我喜歡其他人，而不知道出自什麼我無法理解的原因，他們喜歡你。」語畢，我把他放下。

我還是透過攝影鏡頭看著大家，這樣比直面他們容易點。我的貼身太空衣被扯破了，露出有機和無機部位的交接處。我最討厭這樣。大家仍舊愣在原地，震驚又茫然不知所措。然後曼莎用力吸了口氣，她說：「維安配備，你可以阻止居住艙系統連上這間屋內的監視攝影機嗎？」

我望向她腦袋旁邊的牆面。「葛拉汀說他發現我的控制元件被駭的時候，我就把連線截斷了，然後刪了剛才說的那段。我讓影像和聲音從維安系統傳到居住艙系統的時候，影音之間存在五秒的時間差。」

「很好。」曼莎點點頭。她想對上我的視線，但我現在沒辦法。「沒了控制元件，你就不用聽從我們的命令，或是任何人的命令。但是自從我們到這裡之後，你一直都聽令行事。」

其他人都沒說話，我發現她這番話是為了他們說的，也是為我說的。

她繼續說：「我希望你能繼續留在我們的團隊裡，至少留到我們離開這個星球，回到安全的地方為止。到時候我們可以再討論看看你希望怎麼處理。但我跟你保證，我絕對不會把你的事或元件損壞的事告訴公司，或任何不在這屋裡的人。」

我嘆了口氣，不過大多控制在心裡，沒有真的嘆出口。她當然會這樣說，不然她還能怎麼樣？我在相信和不相信之間猶豫了一下，以及思考這到底有沒有差別，卻只感覺到滿滿的**我才不在乎**。我真的不在乎。我說：「好。」

從攝影畫面中可看見拉鎂和李蘋交換了個眼色。葛拉汀一臉不悅，疑心滿到屋頂。

曼莎只說：「居住艙系統有可能知道你的控制元件的情況嗎？」

我一點都不想承認這件事，但是他們必須知道。駭我自己的系統是一件事，但是我也駭過其他系統，我不知道他們會對這件事有什麼反應。「可能會。我們剛抵達的時候，我就駭過居住艙系統，好讓它不會發現那些傳送給控制元件的指令並沒有每次都妥善執行，但如果居住艙系統已經被外部人員侵入，我就不知道當時那樣做還有沒有用。不過居住艙系統不會知道你們知道這件事。」

拉鎂的雙臂在胸口交叉，肩膀不自在地往前聳。「我們得把它關掉，不然它會把我們殺掉。」然後他皺眉望向我。「抱歉，我說的是居住艙系統。」

「沒關係。」我說。

「所以我們認定居住艙系統是被外部人員侵入，」芭拉娃姬緩聲說，像是想說服自己。「能確認不是公司嗎？」

我說：「戴爾夫小組的求救信號器有啟動嗎？」

曼莎皺眉，拉鋉再次露出若有所思的神情。他說：「回程的時候我們確認過，就在我們把你的狀況穩定下來之後。信號器已經被摧毀了。然而攻擊者如果跟公司狼狽為奸，就沒必要這麼做。」

每個人都站在原地，不發一語。從他們的表情我看得出來，大家都在認真思考。控制他們活動區的居住艙系統，那個從食物、居住、過濾空氣和水都必須仰賴的系統，居然想要殺掉他們。而他們這一邊僅有一臺殺人機，這臺機器人只想要大家都閉嘴不要煩它，讓它整天看娛樂頻道就好。

亞拉達走上前來，拍了拍我的肩膀。「我很抱歉。這整件事一定很令人沮喪。另一臺配備居然對你做那種事……你還好嗎？」

這種關注對我來說太多了。我轉過身走到角落，把臉別開。

「我還注意到另外兩次試圖破壞的行動。攻擊者一號攻擊芭拉娃姬博士和沃勞斯古博士的時候我前去救援，那時我收到居住艙系統傳給我控制元件的撤離指令。我本以為是醫療系統的緊急訊號想凌駕居住艙系統的時候造成的錯亂。曼莎駕駛小接駁艇去確認最近的消失地圖位置時，自動駕駛功能在我們跨過山區時突然被截斷。」應該就這樣吧。噢，對了。「我們出發去戴爾夫小組營區之前，居住艙系統透過衛星發了一個升級資料包給我。我沒有打開。你們應該要看看裡面本來要叫我做什麼事。」

曼莎說：「李蘋，葛拉汀，你們可以避免損害環境系統的同時把居住艙系統關掉嗎？還有，我們能夠不受居住艙系統干擾下去啟動我們的求救信號器嗎？」

李蘋瞥了葛拉汀一眼，點點頭。「取決於妳希望我們完工後居住艙系統是什麼狀態。」

曼莎說：「不要炸掉它，但是也不用太溫柔。」

李蘋點點頭。「可以做到。」

葛拉汀清了清喉嚨。「系統會知道我們要幹嘛。可是如果它沒收到任何指令要它阻止我們嘗試，可能不會有任何反應。」

芭拉娃姬傾身向前，皺起眉頭。「系統一定會回報給某人。如果它有機會警告對方，說我們要把它關掉了，對方可能就會發送指令。」

「還是得試試，」曼莎說。她朝他們點點頭。「開始吧。」

李蘋往門口走去，葛拉汀對曼莎說：「你們在這裡沒問題吧？」

他的意思是說他們跟我一起在這裡有沒有問題。我翻了個白眼。

「我們不會有事的。」曼莎不容置疑地說，只帶了那麼點**我說現在就動作**的口吻。

我用攝影機畫面看著他和李蘋離開，以防他突發奇想要做什麼事。

沃勞斯古露出靈光乍現的模樣。「我們還得看看衛星下載下來的資料。從他們要維安配備做的事裡面可能可以看出點端倪。」

芭拉娃姬撐起身，有點不穩。「醫療系統是從居住艙系統獨立出來的，對吧？這就是為什麼到現在還沒出現任何故障。你可以用它來打開下載內容。」

沃勞斯古扶著她的手臂，兩人往隔壁艙室的顯示螢幕移動。

沉默持續了片刻。其他人還是能透過通訊頻道聽見我們說話，但至少他們都不在這屋內了，我感覺到背上的壓力放鬆下來。這樣比較容易思考。我很慶幸曼莎叫他們啟動求救信號器，雖然有些人對公司還是有點懷疑，但要離開這個星球看來也沒有其他方法了。

亞拉達伸出手，牽起歐芙賽的手。她說：「如果不是公司，那會是誰？」

「這裡一定還有其他人。」曼莎揉揉前額，皺眉思考。「戴爾夫營區那兩臺多出來的維安配備肯定來自某處。維安配備，我認為有可能是公司內部有人收賄、進而隱藏這星球上第三支勘測小組存在的消息。」

我說：「公司內部收賄，要隱藏這星球上幾百支勘測小組存在的消息都是很有可能的。」勘測小組、整座城市、失落的殖民地、移動中的馬戲團，只要他們覺得不會被抓，都有可能收賄隱藏消息。但我看不出來他們要怎麼從讓客戶的勘測小組——兩支勘測小組——憑空消失還能脫身，也看不出他們這麼做的動機。業界有那麼多保險公司，太多競爭者了。客戶喪命對生意的影響一定很負面啊。「我不認為公司會密謀讓其中一組客戶殺掉另外兩組客戶。你們購買擔保協議，讓公司保證你們的人生安全，若你們喪命或受傷，公司就要支付慰問金。就算客戶不需要為死亡事件負全責或部分負責，還是得付錢給你們的家屬。戴爾夫小組是大型任務，光是死亡慰問金就是一大筆錢。」公司最討厭花錢，從他們連活動區家具裝飾都要回收再利用就看得出來。「而且如果大家都相信客戶是死於當機的維安配備，等訴訟案成立，這筆金額還會變得更巨大。」

從攝影機上我看見他們點頭思考這件事和深思的神情。然後他們想起我有維安配備故障誤殺客戶之後的經驗。

「所以說公司收了錢，隱瞞第三支勘測小組的消息，但是並非為了讓他們殺了我們，」歐芙賽說。客戶是科學家的其中一個優點就是他們的反應速度很快。「這就表示我們只要想辦法活到接送船到這裡就好。」

「可是到底是誰？」亞拉達揮揮手。「我們知道這個人一定駭了衛星的控制系統。」從攝影畫面上我看見她轉向我。「他們就是這樣控制住戴爾夫維安配備嗎？透過下載的資料？」

這是個好問題。我回答：「有可能。但這也不能解釋為什麼三臺戴爾夫維安配備在居住艙被一把挖鑽起子殺掉。」我們的設計無法拒絕下載資訊，我認為可能還有其他駭入控制元件的維安配備沒被發現。「如果戴爾夫小組因為跟我們一樣在各項裝備上開始出現越來越多問題，進而拒絕下載資料，那兩臺不知名的維安配備可能就是有人手動派來影響戴爾夫的維安配備。」

拉銻凝視遠方，從主頻道裡我看見他正在看我的隨身攝影機在戴爾夫營區拍到的畫面。他指向我的方向，點點頭。「我同意，但這就代表戴爾夫小組允許不知名的維安配備進入活動區。」

很有可能。我們已經檢查過，可以確定他們的接駁艇都在，但無法得知是否在某個時候曾經有另一艘小艇降落又起飛。說到這個，我很快地檢查了一下維安頻道，確認我們的邊界狀況。無人機依舊在巡邏，感應警報器也正常回應我的呼叫。

歐芙賽說：「但是為什麼？為什麼要讓陌生小組進入自己的活動區？明明他們就被蒙在鼓裡，不知道這支小組存在啊。」

「換做你們也會這麼做，」我說。我實在該閉嘴，讓他們繼續把我當成聽話的維安配備，不要再提醒他們我真實的身分，但是我想要他們小心點。「如果陌生勘測小組降落在這裡，一派友善的模樣，說他們剛抵達，噢對了，我們的設備故障或說醫療系統壞了，需要協助，你們也會放他們進來。就算我告訴你們不要這麼做、這麼做違反了公司的安全條款，你們還是會開的。」我不是嘴賤什麼的。公司有一大堆規則都很蠢，或者只為了增加利潤而存在，但是有些規則有它存在的道理。不讓陌生人進入你的活動區就是其中之一。

亞拉達和拉銻憂慮地互看了一眼。歐芙賽承認道：「我們應該會開，沒錯。」

曼莎一直沒說話，只聽我們討論。這時她說：「我認為應該比那簡單，我覺得他們會自稱是我們。」

就這麼簡單明瞭，我轉過身望向她。她眉毛深鎖，沉思著說：「他們降落後自稱是我們，說需要對方的幫助。如果他們有辦法進入我們的居住艙系統、聽我們的通訊紀錄，那就更容易了。」

我說：「等他們來這裡的時候，就不會這麼做了。」一切就取決於這支勘測小組掌握的是什麼東西。究竟他們是有備而來地要除掉敵對的勘測小組，或者是等到現場再隨機發揮。他們可能有武裝飛行交通工具、戰鬥維安配備、武裝無人機。我從資料庫抓了幾個例子，傳到通訊頻道上讓人類看看。

醫療系統的訊號告訴我，拉銻、歐芙賽和亞拉達的心跳突然加速了。曼莎沒有，因為她早已想過這些。這就是為什麼她派李蘋和葛拉汀去關掉居住艙系統。拉銻緊張地說：「他們來的時候我們要怎麼辦？」

我說：「去其他地方。」

曼莎是唯一一個想到要在我們等候求救信號器叫到支援來之前就棄守活動區的人類，這也許有點怪，但就像我之前說過的，這些人並非什麼無畏的銀河戰士。他們只是一群來工作的人，突然發現自己惹上大麻煩了。

加上從出發前的說明會就已經再三跟他們強調過，他們必須簽下的公司同意書也有、收下那些包含危害報告的勘測資料包也有，甚至連現場維安配備提供的簡報，也說了這地方是位於一顆幾乎沒人勘測過的星球上的一片無人知曉又有潛在危險的地區。他們不該在沒有安全防範措施之下離開活動區，我們甚至也沒做過需要過夜的勘測任務旅行。他們可能得把兩架接駁艇塞滿緊急用品後逃跑，而且這麼做居然會比留在活動區還要安全，光是這個念頭就已經夠難消化了。

但是等李蘋和葛拉汀關掉居住艙系統、沃勞斯古打開衛星下載了要給我的資料包後，他們就很快地反應過來了。

芭拉娃姬透過通訊器替大家念出內容，我則把最後一套備用貼身太空衣和盔甲穿上。「資料包的目的是要控制住維安配備，指令非常具體，」她說道。「一旦維安配備受到控制後，它會開放醫療系統和維安系統的權限給他們。」

我戴上頭盔，啟動不透明模式。放鬆的感覺很強烈，幾乎跟發現格鬥模組已經被移除的時候一樣安心。我愛你，盔甲，我再也不要離開你了。

曼莎也打開通訊器。「李蘋，求救信號器狀況怎麼樣？」

「我啟動發射的時候有收到請啟動的回應。」李蘋聽起來比平時更憤怒，「但是在居住艙系統下線的情況下，我沒辦法收到確認訊息。」

我透過通訊頻道告訴他們我會派無人機去檢查。這時候求救信號器有沒有成功發射特別重要。曼莎批准了我的提議，我把指令轉發給其中一臺無人機。

為求安全起見，我們的信號器距離活動區大約幾公里遠，但我覺得要是發射應該還是聽得到才對。也可能不會聽到，畢竟我從沒發射過。

曼莎已經把工作分配完畢，大家都動了起來。搬完武器和備用無人機後，我又搬了幾個箱子。我的監視攝影機一直捕捉到斷斷續續的對話內容。

（「你得把他當成人。」李蘋對葛拉汀說。

「它**就是**人啊。」亞拉達堅持道。）

拉銻和亞拉達搬著醫療補給品和備用電池衝過我身邊。我得把邊界設定到最遠範圍。我們不知道攻擊戴爾夫的對象是不是隨時會出現，但是可能性極高。葛拉汀出來檢查大接駁艇和小接駁艇的系統，確保除了我們以外，沒有其他人進入過系統，也檢查一遍居住艙系統，看看有沒有惡搞接駁艇的編碼。我用其中一架無人機盯著他。他一直看向我，或者說試著不看我，這更糟。

這種時候我可不需要這種令人分心的事。下次攻擊出現的時候，一切會發生得非常快。

（「我確實有把它當成人，」葛拉汀說，「一個不爽、武力強大，又沒有理由信任我們的人。」

「那就不要再對它那麼壞了，」拉銻對他說，「這樣可能比較有幫助。」）

「他們知道他們的維安配備成功在我們的維安配備身上植入了格鬥模組，」曼莎用通訊器說道，「而且我們得假定他們透過居住艙系統收到的消息也足以了解到我們已經把模組移除，但是他們不知道我們已經推論出他們的存在。維安系統切斷居住艙系統的連線前，我們還在懷疑幕後黑手是公司。他們不會發現我們已經知道他們要來了。」

這也就是為什麼我們得動作快。拉錦和亞拉達停下手邊的動作回答醫療設備的電池問題，我把他們趕回活動區去搬下一批行李。

我即將面臨的問題是殺人機打鬥的方式，是藉由把自己往目標拋去，想辦法殺掉那混帳東西，因為我們知道身上百分之九十的部分都能在修復室裡重新長回來或重新裝配，所以不需要什麼戰略。

等我們離開活動區，我就沒有修復室可以回了。就算我們知道怎麼把修復室拆開——實際上我們不知道——但就算知道，那東西也太大，無法裝進大接駁艇，並且消耗的電力也太大量。

除此之外，對方可能配有真正的戰鬥機器人，而不是像我這種維安機器人。這樣的話，我們唯一的生還機會就是盡可能躲得遠遠的，直到接送船抵達為止。而且前提是另一支勘測小組沒有賄賂公司某人去延誤接送船的行程。我還沒跟他們提到這個可能性。

東西差不多都登艇的時候，李蘋透過通訊器說：「我找到了！他們在居住艙系統裡藏了一個權限編碼。沒有把我們的影音數據傳出去，也沒有讓他們看我們頻道上的東西，但是每隔一陣子這編碼就會接收一些指令。這就是他們從我們的資料和地圖資訊包裡面把東西刪除的方式，也是他們傳送指令給小接駁艇、讓自動駕駛失效的方法。」

葛拉汀補充：「兩架接駁艇現在都已經沒問題，我也啟動了飛行前的檢查程序。」

曼莎開口說話的時候我正好收到維安系統的警報。一架無人機傳了緊急訊號給我。一秒後我收到了無人機拍攝的現場畫面，地點是我們的求救信號器安裝處。只見發射三腳架倒在地上，信號器的碎片四散一地。

我把畫面送到公共頻道上，人類全都鴉雀無聲。只有拉銻低聲說：「該死。」

「繼續動作。」曼莎透過通訊器說，聲音聽起來很嚴厲。

居住艙系統已經斷線，所以我們沒有任何掃描能力，但是我把邊界開到允許範圍的最大值。這時，維安系統與南端的那架無人機斷了聯繫。我把最後一個箱子扔進貨艙，把指令發給無人機，然後對著通訊器大喊：「他們來了！我們得立刻起飛，就是現在！」

我在接駁艇前來回踱步等待著我的人類，這過程實在是超乎預期的高壓。沃勞斯古跟芭拉娃姬一起出來，扶著她走過沙地。然後是歐芙賽和亞拉達，兩人肩上都背著袋子，一邊對身後的拉銻大喊，要他跟上。葛拉汀已經上了大接駁艇，曼沙和李蘋殿後。

一行人兵分兩路，李蘋、沃勞斯古和芭拉娃姬往小接駁艇移動，剩下的人則上大接駁艇。我確保芭拉娃姬上艙門斜坡時一切順利。到了大接駁艇的艙門前，我和曼莎遇到了點麻煩，因為曼莎想要最後一個上去，而我也想最後一個上去。妥協的我摟住她的腰部，在艙門斜坡關上前把我兩一起甩進艙門。我把她放下，讓她站好後她說：「謝謝你，維安配備，」其他人則盯著我們看。

頭盔已經讓這種局面好一些了，但是我還是會很懷念能利用監視攝影機時的緩衝空間。

我站穩了腳步，抓住上方的握桿，其他人則繫上安全帶，曼莎走進駕駛座位。小接駁艇已先起飛，她等到周圍都沒有障礙時才帶我們起飛。

我們的行動全都建立在一個假設上：就是既然「對方」——不論這個「對方」是誰——不知道我們知道他們來了，「對方」就只會派一艘船艦來。他們大概打算在活動區抓到我們，所以可能會先摧毀接駁艇，好讓我們跑不掉，然後才開始對人下手。所以現在知道「對方」從南邊來，我們就可以隨便選一個方向。小接駁艇拐了個彎往西邊去，我們也跟上。

我只希望他們的接駁艇的掃描範圍沒有比我們的還大。

透過接駁艇的頻道，大多數我的無人機的訊號都看得到，它們在三維地圖上形成的亮亮的圓點。第一組照我的指令做事，在活動區附近的一點聚集。我計算著對方抵達的大概時間。在脫離連線範圍之前，我讓無人機往東北方飛。沒多久它們就出了我的偵測範圍。它們會聽從最後接到的指令，直到電池消耗殆盡為止。

我希望另一支勘測小組會抓到它們的訊號追去。他們一旦能看到我們的活動區，就會發現接駁艇不在了，也會知道我們已經離開。他們可能會停下來搜索活動區，但也可能會開始調查我們的逃脫路線。我無從得知會是哪一種狀況。

但是隨著我們往前飛行，繞過遠處的高山，一路上都沒有人跟上來。

6

人類為了到底該往哪去爭執了一番。或者說一邊想爭執，一邊又忙著瘋狂計算大小接駁艇上可以怎麼樣去塞他們存活需要的哪些東西、多少的量。我們知道現在被拉錛稱之為邪惡勘測小組的人有權限使用居住艙系統，也知道我們任務期間去過了哪些地方，所以我們得找個新的地點。

我們選的地方是歐芙賽和拉錛快速在地圖上搜尋過後決定的地點。高高低低的崎嶇小丘落在一大片濃密的熱帶叢林之中，成群的動物住在這裡，足以混淆生命跡象掃描結果。曼莎和李蘋降低飛行高度，把接駁艇降落在陡峭的懸崖。

我派出幾架無人機，從不同角度看看這地方的模樣，然後又調整了幾次接駁艇的位置。最後我設下邊界。

感覺還是不安全，而且雖然接駁艇上有幾套求生帳篷組，沒有人提議要搭起來住。人類暫時就先待在接駁艇上，藉由接駁艇有限的訊號來透過通訊器溝通。對人類來說，這樣不會太舒適（比方來說，清潔及衛生設備狹小又有限），但是這樣做比較能自保。大大小小的生物在我們的掃描範圍中移動，既好奇、又可能和想殺掉我客戶的那些人類一樣危險。

我帶著幾架無人機出門，稍微巡邏了一番，確保沒有任何體型大到，比方說可以大半夜把小接駁艇拖走的東西。我也獲得思考的機會。

他們已經知道了控制元件的事，或說少了控制元件的事。雖然曼莎誓言絕對不會對外報告我的狀況，我還是得想想我到底想怎麼做。

把一個合併體想成一半機器人、一半人類是錯誤之舉。這樣會讓人覺得這兩個部分是分開來的，好像機器人的那一半會聽從命令、盡忠職守，人類的那一半則會想要保護自己、逃離這地方。實際上根本相反，我就是一個完整、茫然不知所措的個體，對於自己想做什麼、該做什麼、得做什麼，我一點概念都沒有。

我大可讓他們自己去想辦法解決，我猜。我想像自己這麼做的情景，想像亞拉達或拉鋉被叛變維安配備包圍，然後感覺自己心裡一揪。我實在有夠討厭自己對於現實生活有的這些情緒感受，我寧可自己是被《明月避難所之風起雲湧》牽動。

而且我能怎樣？在這無人星球上直接一走了之，直到我的電池耗盡為止？要這麼做，我就該早點做好準備，下載更多娛樂節目。我不認為我能存到足夠看到電池耗盡的量。我的元件表告訴我，從現在開始還要過幾十萬小時才會發生。

而且就連我也覺得這計畫聽起來很蠢。

歐芙賽架設了某種遠端感應設備，如果有任何東西企圖掃描此區，我們就會接到警告。人類回到兩架接駁艇之後，我迅速在通訊頻道上點了名，確保每個人都還在。曼莎在艙門斜坡上等著，意思是她想跟我私下談談。

我把通訊器和通訊頻道靜音，然後她說：「我知道你戴著不透明頭盔的時候比較自在，但是情況已經變了，我們需要看到你。」

我不想這麼做，從來都不想。他們知道太多我的事了。但我需要他們相信我，好讓我保住他們的性命、完成我的工作。我說的是真的把事情做好，不是在有東西企圖殺掉我的客戶之前的那種敷衍了事的工作方式。但我還是不想這麼做。

「通常人類視我為機器人的時候，情況都比較好。」我說。

「在平常的情形下，也許是這樣沒錯。」她的目光有點偏向一邊，沒有試圖和我對看，我很感謝這點。「但是情況不同了。如果他們能把你視為一個想幫忙的人類，那會比較好。因為我就是這樣看你的。」

我的心融化了一點點。這是我唯一能形容這種感覺的方法。一分鐘後，等我控制好表情，我把面罩切換為透明，然後把頭盔收回盔甲裡。

她說：「謝謝你。」然後我跟著她走進了接駁艇。

其他人正在把我們起飛前拋上接駁艇的設備和補給品一一歸位。「——如果他們修復衛星功能。」拉銻說。

「他們不會冒險，除非等到——除非他們抓到我們。」亞拉達說。

李蘋在通訊器中嘆了口氣，聽起來又氣又挫敗。「如果能搞清楚到底這些王八蛋是誰就好了。」

「我們得談談下一步該怎麼做。」曼莎打斷閒聊，在後方能看見整個內艙的地方找了個位置坐下。其他人坐在她面前，拉錸把其中一張活動椅轉過來。我則坐在右側艙壁的長凳上。通訊頻道上可以看見小接駁艇的內艙，其他人就坐在那兒，讓我們能看見他們也在聽。曼莎繼續說：「我還有個問題要解決。」

葛拉汀突然望向我。她不是在說我，你這個白痴。

拉錸悶悶不樂地點點頭。「為什麼？為什麼這些人要這麼做？這件事對他們來說有什麼意義？」

「一定跟地圖上那些消失的區域有關，」歐芙賽說。她從自己的資料裡叫出存檔的畫面。「那裡顯然有他們想要的東西，他們不想要我們或戴爾夫小組發現。」

曼莎起身踱步。「分析資料裡面有出現什麼異狀嗎？」

亞拉達在主頻道上跟芭拉娃姬和沃勞斯古很快地討論了一下。「還沒，但我們還沒跑完全部的測試。目前還沒有發現任何值得注意的東西。」

「他們真的覺得這麼做之後還能夠拍拍屁股走人嗎？」拉錸轉向我，像是在等我回答。「他們顯然可以駭進公司系統和衛星，也打算把問題怪罪給維安配備，但是……調查一定會很徹底啊，他們一定知道這點才對。」

這整件事裡頭有太多變因，也有太多我們不知道的部分，但是對著我問的問題，我就是得回答，就算沒有控制元件，還是舊習難改。「他們可能會覺得公司和你們的受益人調查到維安配備這裡就會收手。但是他們不可能讓兩組人馬全都消失，除非這兩組人馬所屬的企業體或政府不在乎他們。戴爾夫的人在乎嗎？你們的呢？」

這話說完，大家不知怎地都盯著我看。我只得轉過頭望向舷窗。我實在太想把頭盔叫出來關上，想到我的有機部位都冒汗了，但我重新播放了一次曼莎與我的對話，忍住了衝動。

沃勞斯古說：「你不知道我們是誰嗎？他們沒有跟你說？」

「我的初始下載資料裡面有資訊包。」我依舊盯著外頭大岩石後方的那一大團綠意，實在不想說自己有多不在意工作內容。「我沒有看。」

亞拉達口氣溫和地說：「為什麼沒看？」

在眾人的目光之下，我實在想不出好的謊言。「我不在乎。」

葛拉汀說：「你覺得我們會相信這種話。」

我感覺到自己的臉動了動，咬緊下顎。這是我控制不住的身體反應。「讓我說得清楚一點。我就是不感興趣，還覺得煩死了。這樣你相信了嗎？」

他說：「你為什麼不想讓我們看你？」

我咬下顎的力道緊到我的主頻道裡出現了效能警報。我說：「你們不用看我，我不是性愛機器人。」

拉鍗發出某種聲音，有點像嘆氣，又有點像生氣的悶哼。不是朝我發出來的。他說：「葛拉汀，我跟你說過了，它害羞。」

歐芙賽跟著說：「它就不想跟人類互動。而且它為什麼要想跟人類互動？你也知道合併體的待遇，特別是在企業政府的環境下。」

葛拉汀轉向我。「所以你雖然沒有控制元件，但是我們可以透過盯著你看來處罰你。」

我看著他。「大概吧，直到我想起來我的手臂有內建武器為止。」

曼莎開口，聽起來有點挖苦。「好了，葛拉汀。它威脅你，但沒有採取暴力行為。你滿意了嗎？」

葛拉汀往後一靠。「目前吧。」

所以他是在測試我。哇，真是勇敢。而且非常、非常愚蠢。

他對著我說：「我想確認你沒有受到任何外力施壓。」

「夠了。」亞拉達起身，走到我身邊坐下。我不想推開她，所以只能接受自己被困在角落的現況。她說：「你得給它點時間。它在這之前從來沒公開用自由身分跟人類互動過，這對我們所有人來說都需要練習。」

其他人點點頭，好像都同意這種說法。

曼莎用主頻道傳了私人訊息給我：**我希望你沒事**。

那是因為妳需要我。

我不知道這話是從哪跑出來的。好啦，是從我口中跑出來的，但她是我的客戶，我則是維安配備，我們之間並沒有任何情感上的約束。就理性觀點判斷，我沒有任何理由表現得像個唉唉叫的人類小嬰兒。

我當然需要你。我對這種情況毫無概念，大家都沒概念。

有時候人類會忍不住讓情緒滿溢到主頻道裡，她同時憤怒又害怕，不是我的緣故，是因為那些做了這些事的人——像這樣殺人，屠殺整支勘測小組之後還把責任推給維安配備。她勉強控制著怒火，不過臉上除了冷靜的擔心神情以外，完全沒有洩漏蛛絲馬跡。我透過主頻道感覺到她在想辦法讓自己堅定振作。

你是這裡唯一不會驚慌失措的人。這種情況持續得越久，其他人就……我們得團結一心，好好想想。

這點完全正確。而且我只要做好維安配備的工作，就能幫上忙。我的責任就是保護大家的安全。

我常常驚慌失措，只是你們看不到而已。我這樣對她說，還特地加了「開玩笑」字樣。

她沒有回話，但低下頭，自顧自地露出了微笑。

拉錦說：「還有一個問題。他們人在哪裡？他們是從我們活動區的南邊過來的，但是這點沒什麼參考價值。」

我說：「我留了三架無人機在活動區。沒了居住艙系統，我沒辦法使用掃描功能，但錄影錄音功能還能用。它們可能有錄到能回答你們問題的東西。」

我留了一架無人機在樹上，用長鏡頭觀看活動區，一架放在入口處的延伸型屋簷下方，一架在居住艙裡，躲在一座控制臺下面。我把它們的活動程度設定成略高於靜止狀態，純拍攝，這麼一來在邪惡勘測小組掃描的時候，居住艙的環境系統釋放的能源就能蓋過無人機的存在。

我無法像平常一樣把無人機連上維安系統、讓無人機可以把數據存下來並且過濾掉無聊的部分。我知道邪惡勘測小組一定會檢查，所以我已經把維安系統的存檔內容都丟進大接駁艇的系統裡，然後把原本的存檔空間全洗乾淨。

我也不想要他們知道更多關於我的資訊。

大家又望向我，大概沒想到殺人機居然會有計畫。說老實話，我不怪他們。我們的教育元件其實根本沒有包含這類能力，反而我看的恐怖和冒險故事或影劇在這時候突然派上了用場。

曼莎挑眉露出感激之情。「但你從這裡連不上它們的訊號吧。」

「對，我得回去取得資訊。」我告訴她。

李蘋靠近小接駁艇的攝影鏡頭。「我應該有辦法在無人機上接一臺小型掃描器。樣子看起來會有點突兀，而且速度會很慢，但是至少這樣一來我們就可以多掌握一種聲音和影像以外的資訊。」

曼莎點點頭。「就這麼做，不過要記得我們的資源有限。」她在通訊頻道上敲了敲我，沒有望向我，但讓我知道她是在跟我說話。「你覺得另外這個小組會在我們的活動區待多久？」

沃勞斯古的哀號聲從另一架接駁艇傳來。「我們的樣本啊！我們是有數據了，但如果他們摧毀我們的工作成果——」

其他人也紛紛表達挫敗和憂心，我把他們靜音後回答曼莎：「我不認為他們會待很久。現場沒有他們要的東西。」

有一瞬間，曼莎讓自己的神情流露出自己有多擔心。「因為他們要的是我們。」她輕聲說。

這點她也說對了。

曼莎訂了守夜班表，包含讓我進入待命的時間，可以進行系統診斷和充電。我也打算利用這段時間看點《明月避難所之風起雲湧》，補充面對人類的精神能量，以免在這麼小的環境中受不了瘋掉。

等到人類都安頓好、不是在睡覺就是埋首資料裡的時候，我去巡了邊界一圈，檢查無人機的狀況。晚上的動靜比白天還多，但是大多沒比昆蟲和幾隻靠近接駁艇的爬行類動物大。我進入大接駁艇的艙門時，輪值的人類輪到了拉鎂，他就坐在駕駛艙，注意掃描器上的動靜。我走過組員區，到他身旁坐下。他朝我點頭說：「都沒問題吧？」

「沒問題。」我不想，但我還是得問。我在替我下載的娛樂頻道內容找一個永久的容身之處時，任務資料包就是我刪掉的檔案之一。（我知道這樣不好，但我以前還有維安系統上的額外儲存空間啊。）想起曼莎說過的話，我把頭盔收下。只有拉鎂的時候比較容易，我們倆都盯著前方的控制臺看。「為什麼我問你們的政府會不會掛念你們的時候，大家都表現得那麼奇怪？」

拉鎂對著控制臺微笑。「因為曼莎博士就是我們的政府。」他稍微做了個動作，把手掌心往上翻。「我們來自保護地聯盟，非企業管理的體系之一。曼莎博士是目前的管理委員會總監。這個位置的人選是透過選舉產生的，有相當的任期。但是我們家鄉有一條原則，就是總監必須繼續保有日常工作，不論那份工作是什麼都一樣。她的日常工作必須進行這次的勘測任務，所以她才會在這裡，所以我們才會在這裡。」

好吧，我覺得自己有點蠢。我還在消化這件事的時候，他說：「你知道嗎？在保護地控管的領土內，機器人被視為享有完整權益的公民。合併體隸屬於相同的分類別。」他的口氣是在給我暗示。

無所謂。「享有完整權益的公民」身分的機器人還是得接受指派，由一位人類或強化人擔任監護人，這個人通常就是他們的雇主，我在新聞頻道上看過。娛樂頻道也有，機器人都是快樂的僕人，或是暗戀自己的監護人。如果影劇裡的機器人可以整天看娛樂頻道，沒人會來叫他們談心裡的感覺，那我一定會比較感興趣。「但是公司知道她的身分。」

拉鋉嘆了口氣。「噢，當然，他們知道。你絕不會相信我們得付多少押金才能進行這次勘測任務。這些大企業混帳簡直是在搶銀行。」

這就代表如果我們成功發射求救信號器，公司絕對不會馬虎處理，接送船會很快就來。就算邪惡勘測小組想買通也阻止不了。他們可能還會在接送船抵達前就先派出速度更快的維安船艦，確認問題所在。政治領導人物的押金固然高，但要是她有什麼三長兩短，公司要付的賠償金額才是真正會突破天際的數字。這麼大的賠償金額，還要在其他保險公司面前和新聞頻道上顏面盡失……我往後靠向椅背，封上頭盔好好思考。

我們不知道邪惡勘測小組是誰、不知道我們到底在跟誰打交道。但是我敢打賭，他們八成也不知道我們的底細。曼莎的身分只有列在維安資料包裡面，存在維安系統之中，而對方從沒取得過這部分的權限。若我們出了什麼意外，兩方對決般的調查過程一定會很徹底，因為公司會非常急於找到理由卸責，而受益人則會急於把責任怪罪在公司頭上。兩邊的人都不會被叛變維安配備的這個假象蒙蔽太久。

我不知道我們能怎麼利用這點，目前還沒想到就是了。我沒有覺得比較安心，而且我很確定如果人類知道他們要是全被殺掉／等到他們全被殺掉，白痴公司還會找他們算帳，他們也不會感到半點安心。

隔天下午，我準備駕駛小接駁艇回到活動區範圍內，希望能接收到無人機蒐集的一些情報。我想獨自前往，但反正沒人聽我的意見，所以曼莎、李蘋和拉銻也會一起來。

我今天早上很沮喪。昨晚本來想看一點新的影集，但即使如此也無法讓我分心。現實生活是在太擾人了。實在很難不去想情況會怎麼樣急轉直下，然後他們全都會死光，我會被炸成碎片或是被塞一個新的控制元件到體內。

我在做飛行前準備時，葛拉汀走到我身旁說：「我跟你們去。」

我還真是需要這情況呢。我逕自完成電池的診斷。「我以為你已經滿意了。」

他花了一分鐘。「我昨天說的，沒錯。」

「我記得別人對我說的每一個字。」我說謊。誰會這樣？大多數都被我從永久記憶區刪除了。

他什麼都沒說。

曼莎透過主頻道告訴我，我如果不想，或者如果我認為這麼做會影響團隊安全性的話，可以不要帶他同行。我知道葛拉汀又在測試我了，但如果出了什麼差錯，結果他被殺了，我其實還比較沒那麼在意。我希望曼莎、拉銻和李蘋不要來，我不想拿他們冒險。而且長途旅行的期間，拉銻可能還會想要嘗試讓我談談心裡的感覺。

我告訴曼莎沒關係，然後我們就準備完畢，可以出發了。

我想了很長時間，決定要繞西行。這麼一來邪惡勘測小組發現我們的話，也不會從我的飛行路線推測出人類的位置。等我抵達可以開始接近活動區的位置時，天色已經開始轉暗。進入目標範圍的時候，天空就會完全變成黑幕。

因為空間擁擠，以及高度喪命可能性，前一晚人類沒有怎麼睡。曼莎、拉銻和李蘋累得沒說什麼話，全睡著了。葛拉汀坐在副駕駛的位置上，整段過程什麼話都沒說。

我們用匿蹤模式飛行，沒有開燈、不發送任何訊號。我連上了小接駁艇內部有限的資料頻道，好讓我能密切觀察掃描狀況。葛拉汀則是透過他自己的內部裝置留意資料頻道——我可以感覺到他在那裡——不過他沒有使用主頻道，僅藉此追蹤我們的位置。

他開口說「我有個問題」的時候，我不禁一愣。這段時間的沉默已經讓我產生一種虛假的安全感。

我沒有望向他，不過從接駁艇頻道可以知道他正看著我。我沒封上頭盔，我沒有特別覺得需要躲他。過了片刻，我發現他是在等我同意。這真是奇怪的新體驗。我很想無視他，但我也好奇這次的測試會是什麼。是他不想要其他人聽見的話嗎？我說：「問吧。」

他說：「挖礦團隊的死，他們有處罰你嗎？」

這問題不算超乎預期。我想他們大概都想問，但也許只有他夠直接，或者說夠勇敢。刺激一臺有控制元件的殺人機是一回事，刺激一臺已經叛變的殺人機——那是全然不同的等級了。

我說：「不是你想的那樣。不是人類會被處罰的那種方式。他們把我關機一陣子，然後偶爾又讓我恢復上線。」

他猶豫了一下。「你沒感覺嗎？」

是這樣的話就容易了，對吧？「有機的部分大多時候會進入睡眠狀態，但不是一直都這樣。你會知道有動靜。他們企圖把我的記憶完全洗掉。我們太貴，不能直接摧毀。」

他再次望向舷窗外。我們現在低飛在樹梢上方，我把注意力集中在地形感應器上頭。從主頻道裡，我隱約感覺到曼莎的意識。她一定是在葛拉汀說話的時候醒了。最後他說：「你不怪人類逼你做那些事嗎？不怪他們讓你經歷那些？」

這就是為什麼我很慶幸自己不是人類，他們老是糾結這些有的沒的。我說：「不，那是人類才會做的事。合併體沒那麼笨。」

不然我還能怎樣，因為公司內部負責管理合併體的人冷酷無情，所以我就要殺掉所有人類嗎？我同意，比起真正的人類，我的確比較喜歡娛樂頻道上的想像人物，但是這兩者是不能擇一保留的。

其他人開始有了動靜，陸續醒來、坐起身，而他沒有再問我其他問題。

進入範圍的時候，夜空清澈無雲，天際邊緣可見行星環像緞帶一樣的光線閃閃發亮。我已經減低速度，在活動區所在的平原外圍，緩慢駛過點綴在山丘上的稀疏樹叢上方。我一直在等無人機的訊號提醒，如果這方法有用，邪惡勘測小組也沒找到它們的話就能等到。

我在主頻道裡感覺到第一下謹慎的試探時，就立刻就停下接駁艇，降低到森林線下方。我把接駁艇停在山坡上，小艇的著陸板伸長了保持平衡。人類都屏息以待，緊張又躁動，但是沒有人開口。從這裡望出去，除了下一座山丘和一堆樹幹以外，什麼都看不到。

三架無人機都還在運作。我回應了敲我的訊號，想辦法讓我的傳輸過程盡可能地越快越好。緊繃了片刻之後，下載程序就開始了。我從時間軸看得出來，因為那裡沒有其他人叫它們不要錄，這三架無人機便從我把它們派出去那一刻開始，一直錄製影音到現在。雖然我們最感興趣的部分應該只在接近開頭的那一段，這樣的內容仍然是非常大量的數據。

我不想在這裡待那麼久，只靠自己分析內容，所以我把一半的資料用通訊頻道傳給了葛拉汀。他這次也一樣什麼都沒說，只是把椅子打平躺下，閉上雙眼，開始檢視內容。

我先檢查停在屋外樹上的的無人機，高速快轉影片內容，直到找到它清楚拍到邪惡勘測小組的艦艇的畫面。

那是一架大型接駁艇，型號比我們的還新，沒有什麼特別值得多看的部分。接駁艇繞著活動區飛了幾圈，可能是在掃描，然後就降落在我們空著的降落區上。

他們一定知道我們已經走了，畢竟降落區沒有任何飛行器，也沒人回答通訊器的呼叫。所以他們沒有白費力氣，假裝是來借工具或交換站點資訊。五臺維安配備從貨倉裡魚貫而出，全都做好了武裝，舉著要保護在有危害生物活動之星球上——好比這顆星球——進行任務的勘測小組時，需要用上的大型發射型武器。從盔甲胸前的圖案看起來，其中兩臺是戴爾夫小組存活下來的維安配備，一定是在我們逃離戴爾夫基地之後，被放回修復室維修了。

另外三臺屬於邪惡勘測小組，它們的標誌是灰色方型圖案。我聚焦在標誌上，把畫面傳給其他人。「灰軍情報。」李蘋讀出來。

「有聽過嗎？」拉錦問道，其他人都說沒有。

五臺維安配備應該都已經裝載了格鬥覆寫模組。它們往活動區走去，然後五名身分不明、身穿不同顏色太空衣的人類，陸續下了接駁艇，跟在維安配備身後。他們也都全身武裝，手上拿著公司提供、本來是僅限危險生物攻擊的緊急情況下使用的手持武器。

我在畫質允許的範圍內把人類的畫面放到最大。只見他們花了很多時間掃描、檢查有沒有陷阱，讓我很慶幸自己當時沒花時間去安置。不過不知怎地，我總覺得他們不是專業人員。他們不是軍人，程度就跟我差不多。他們的維安配備不是戰鬥機型，只是從公司租來的一般維安配備。這讓我鬆了口氣。至少我不是唯一不知道自己在幹嘛的人。

我看著他們走進活動區，留下兩臺維安配備在門外看守接駁艇。我在這裡加上標記後傳給曼莎和其他人看，然後我就繼續看下去。

突然間，葛拉汀坐起身，用我不會的語言喃喃地咒罵了一句。我在心裡記下來準備在大接駁艇上的語言中心查查，接著便忘了這件事，因為我聽到他說：「有麻煩了。」

我把我這邊的無人機錄影內容先暫停，開始看他標記的段落。這段是藏在居住艙裡的那架無人機拍到的。

畫面是居住艙弧形橫樑的模糊樣貌，不過音訊部分是人類的聲音，說著：「你們知道我們要來，所以我猜你們大概有辦法看見我們在這裡的情況。」這個聲音說的是通用語言，口音平板。「我們已經摧毀了你們的求救信號器。以下座標位置——」她念了一串經緯度的數字，小接駁艇幫我在地圖上標示了出來。「——請於上述指定時間前來，我們可以討論一個協議。這件事不一定得以暴力做結。我們很樂意付錢了事，或者看你們想要的是什麼。」

然後就沒了，只剩腳步聲越來越遠，直到艙門滑動關閉。

葛拉汀、李蘋和拉銻同時開口說話。曼莎說了聲「安靜」，他們便閉上了嘴。「維安配備，請說說你的看法。」

幸運的是，我這次有東西回答了。直到我們收到無人機的錄影畫面時，我的看法一直都是**噢，死定了**。

我開口：「他們沒什麼好損失的，如果我們真的去了這個地點，他們會殺了我們，一勞永逸。如果我們不去，直到任務結束日之前，他們都可以到處調查我們的行蹤。」

葛拉汀現在在檢視降落時的影片。他說：「這是另一個線索，證明他們不是公司。他們顯然不想要追我們追到任務結束的日期。」

我說：「我就跟你說過不是公司了。」

曼莎在葛拉汀能開口回話前先打斷了他。「他們覺得我們知道他們來的原因，知道他們這麼做的理由。」

「他們搞錯了。」拉銻沮喪地說。

曼莎皺起眉，把問題分析給其他人類聽。「但是為什麼他們會這樣想？一定是因為他們知道我們去了其中一個沒有列在地圖上的區域。這就表示我們蒐集的資料裡面一定有答案。」

李蘋點點頭。「所以其他人可能已經釐清了。」

「這麼一來，我們就有了籌碼，」曼莎若有所思地說。「但是我們能怎麼用？」

這時，我想出了一個絕佳妙計。

7

隔天到了指定的時間，曼莎和我就飛往指定會面點。

葛拉汀和李蘋拿了我其中一架無人機，在上頭加裝精簡版掃描零件。（說精簡版是因為無人機太小，大部分掃描器需要的長寬空間都超過了能容納的大小。）昨晚我把這架無人機釋放到高層大氣上去，讓我們能看清楚站點位置的模樣。

這個地點離他們的勘測基地很近，大概兩公里距離，看起來很像戴爾夫的活動區。從他們的活動區和維安配備數量看來，包含被曼莎用鑽孔機擺平的那臺，他們應該有三十到四十名組員。顯然他們自信滿滿，但是畢竟他們有我們的居住艙系統的權限，知道自己面對的是一支小型團隊，成員是科學家和研究員，加上一臺腦袋不清的二手維安配備。

我只希望他們不知道我的腦袋不清楚程度有多嚴重。

接駁船接收到掃描器發出的第一波接觸時，曼莎立刻打開通訊器。「灰軍情報，請注意我方已掌握你們在此星球上活動的證據，並藏匿於各處，等到接送船抵達的時候就會傳送到船艦上。」她停了三秒鐘，讓這個消息沉澱一下，然後補充道，「你們知道我們已經找到地圖上消失的區域了。」

空白時間維持得很長。我減緩了速度，掃瞄有沒有朝我們來的武器，雖然他們很可能根本沒有這種東西。

通訊器出現反應，一個聲音說道：「我們可以來討論一下現在的狀況。談個條件。」掃描和反掃描的活動多到聲音聽起來都像是雜訊了，感覺很詭異。「降落後我們來討論。」

曼莎停了一分鐘，表現得像是在思考，然後回答：「我會派我們的維安配備去跟你們談。」然後她就把通訊器關了。

距離更接近一點之後，就能直接看見基地的模樣。地點選在一座低臺地，四周有樹林環繞。往西邊望去就能看見他們的活動區。因為樹林延伸到營區內，他們的建築物和交通工具起降處被架高在寬廣的平面上。如果你要求基地建在四周都沒有開放地形的地方，那麼基於安全考量，公司就會要求這樣的安排。這會產生額外的開銷，而如果你不想架高，那就得要花更多錢來保住你的押金。這就是我覺得我的好主意會成功的原因之一。

臺地的開放區域有七個人影，四個是維安配備，另外三個是分別穿著藍色、綠色和黃色太空衣的人類。如果他們有遵守一臺租借的維安配備搭配十名人類的話，這表示他們還有一臺維安配備，和大約二十七名或以上的人類在活動區裡面。我把接駁艇停在臺地下方一顆相對平坦的岩石上，視線被灌木叢和樹林遮蔽。

我把駕駛座設為暫停狀態，然後望向曼莎。只見她緊抿雙唇，像是想要說什麼，但忍住衝動的樣子。然後她堅定地點點頭說：「祝你好運。」

我覺得自己該對她說幾句話，可是不知道要說什麼，所以我只這樣古怪地盯著她看了幾秒，然後我便封上頭盔，全速走出了接駁艇。

我走過樹林，一邊仔細聽有沒有第五臺維安配備的動靜，以免它躲在某處埋伏我，但是灌木叢裡沒有任何聲響。我走出遮蔽物，爬上崎嶇的斜坡，來到低臺地，然後走向對方人馬，耳裡聽著通訊器的沙沙聲。他們在等我接近，這讓人放鬆了點。因為猜錯的話我會很不開心，會讓我覺得自己很蠢。

我在幾公尺之外停下了腳步，打開主頻道說：「我是分配給保護育能組勘測團隊的維安配備。我被派來跟你們談條件。」

我感覺到一股電流，然後是一組訊號，想來強占我的控制元件、凍結控制元件也凍結我。這麼做的目的顯然是要讓我不能動彈，好讓他們再次朝我的資料槽安裝格鬥覆寫模組。

這就是為什麼他們要把會面地點安排在離居住艙這麼近的地方。他們需要那裡的設備才能做到這點，這不是能透過主頻道傳輸的東西。

所以說控制元件現在沒有作用是件好事，我只感覺到一點搔癢。

其中一人開始走向我。我說：「我猜你是想要來安裝另外一個格鬥覆寫模組，然後派我回去殺掉他們。」我打開槍罩，展開手臂上的武器，再收回去。「我不建議你採取這種行動。」

維安配備立刻進入了戒備模式。正準備往前走的人類也停止了動作，開始後退。其他人的肢體語言顯得很慌張，都嚇傻了的樣子。通訊器傳出的微弱雜音讓我知道他們正在用自己的通訊器私下交談。我說：「有人想表達一下意見的嗎？」

這話引起了他們的注意。沒人答話。不意外。我遇過的人類中唯一會想跟維安配備交談的，就是我那群古怪的人類了。我說：「我有個替代方案可以解決我們雙方的問題。」

穿著藍色太空衣的人說：「你有解決的方法？」聲音聽起來跟在我們的居住艙開出條件的是同一個人。口氣也充滿質疑，你可以想像。對他們來說，跟我說話等於是在對一架接駁艇說話，或是跟一臺挖礦機說話。

我說：「你們不是第一個駭進保護育能組居住艙系統的人。」

她是開他們的通訊器跟我對談，所以我聽見其中一個人用氣音說：「這是陷阱，八成是其中一個觀察員在跟他說該說什麼。」

我說：「你們的掃描應該會顯示我已經切斷通訊器了才對。」該是我說出口的時候了。這對我來說還是很難，即便我知道我們沒有別的選擇，即便我知道這是我計畫的一部分。「我身上的控制元件已經失效。」說完這句話，我很高興又可以回到撒謊的部分。「他們不知道這件事。我很願意讓步來達成你我共同受益。」

藍衣領袖說：「他們說知道我們來此的原因，是真的嗎？」

就算我知道我們預留了不少時間給這個部分，這件事還是很煩。「你們用格鬥覆寫模組來讓戴爾夫小組的維安配備表現得跟叛變配備一樣。如果你們還覺得真正的叛變維安配備依舊必須如實回答你們的問題，那麼接下來的幾分鐘就準備大開眼界吧。」

藍衣領袖把我從他們的通訊器中隔離靜音。我經歷了一段漫長的沉默，等候他們討論。然後她回來了，直接問道：「什麼樣的讓步？」

「我可以提供你們急需的資訊。作為交換，你們帶我跟你們一起上接送船，但把我列為毀損財產。」這樣一來就表示公司裡沒有人會等我回去，等到船艦停在轉運站的時候，我就可以趁這片混亂溜之大吉。理論上來說是這樣。

又是一段猶豫的時間。因為他們得假裝思考這個提議吧，我猜。然後藍衣領袖說：「我們同意。如果你說謊，我們就會摧毀你。」

想也知道。他們打算在離開這個星球之前就在我身上植入格鬥覆寫程式。

她繼續說：「你說的資訊是什麼？」

我說：「先把我從財產清單上移除。我知道你們還能連上我們的居住艙。」

藍衣領袖朝黃衣人做了個不耐煩的手勢。她說：「我們得重啟他們的居住艙系統，會花點時間。」

我說：「開始重新啟動，把指令輸入，然後用你們的主頻道傳給我看。那時候我就會把資訊告訴你們。」

藍衣領袖再次把我隔離在通訊器外，對黃衣人說話。這次等了三分鐘，然後主頻道再次打開，他們開放了他們主頻道上的有限權限給我，讓我看見指令已經輸入進去了，但是想當然他們等等還來得及刪掉。這件事的重點是，我們的居住艙系統現在已經重新開啟，同時我就順便表現出相信他們的模樣。我一直在注意時間，我們現在已經進入預設的目標範圍，沒有理由再拖延了。

我說：「因為你們摧毀了我客戶的求救信號器，他們現在派了一組人馬去你們的信號器所在處，準備開始手動啟動。」

即便只取得他們主頻道的有限權限，我還是能看得出來他們中招了。各式各樣的肢體語言，茫然和恐懼一覽無遺。黃衣人手足無措，綠衣人望著藍衣領袖。

平板的口音響起，她開口：「不可能。」

我說：「他們其中之一是強化人，是系統工程師。他有能力發射信號器。你可以去翻翻從我們居住艙系統取得的資料。他是研究員葛拉汀博士。」

藍衣領袖從肩膀到全身都流露出緊繃的情緒。在解決掉他們的目擊證人這個大問題之前，她真的不想要任何人跑到這顆星球上。

綠衣人說：「它騙人。」

黃衣人的口氣裡帶著一絲驚慌。「我們不能冒這個險。」

藍衣領袖轉向他。「所以說這是可能的嗎？」

黃衣人猶豫了一下。「我不知道。公司系統都有專利，可是如果他們有強化人能駭進去——」

「我們得現在就過去一趟，」藍衣領袖說。她轉向我，「維安配備，告訴你的客戶離開接駁艇過來這裡。告訴她我們已經達成協議。」

好喔，哇賽。這可不在計畫中。他們應該要丟下我們，自己離開才對。

（昨晚葛拉汀就說這裡會有風險，說計畫走到這裡會全盤崩解。想到他說對了就覺得很煩。）

我無法在灰軍情報不知情的情況下，打開對接駁艇的通訊器或是連上接駁艇頻道。而且我們還是得讓他們和他們的維安配備離開活動區。我說：「她知道你們打算殺掉她。她不會來的。」然後我想到了另一個絕佳的計畫，補充說道，「她是非企業政府管理系統的星球總監，可不是笨蛋。」

「你說什麼？」綠衣人質問。「什麼政府？」

我說：「不然你覺得這支小組為何叫做『保護地』？」

這次他們連主頻道都沒有關，黃衣人直接說：「我們不能殺她，調查——」

綠衣人跟著說：「他說得對。我們可以先押住她，等協議達成再放她走。」

藍衣領袖生氣地說：「那也沒用。如果她失蹤，調查只會變得更徹底。我們得阻止信號器發射，然後再來討論怎麼做。」她對我說，「去把她帶來，把她從接駁艇帶出來這裡。」她再次切斷了通訊器。

其中一名戴爾夫的維安配備開始前進，她回到通訊器上說：「這臺維安配備會幫你。」

我等它接近我，然後才轉身與它並肩走下碎石斜坡，進入樹叢。

我接下來做的事情，是建立在我假設她已經下令要戴爾夫的維安配備殺掉我這件事上面。如果我猜錯，那我們就完了。曼莎和我都會死，想要拯救整個團隊的計畫會失敗，保護育能組會回到原點，並且少了隊長、維安配備和小接駁艇。

我們離開碎石斜坡、轉入樹叢，灌木和樹枝擋住了低臺地邊際，我用一條手臂勾住那臺維安配備的頸子，展開手臂上的武器，往它的頭盔側面開火，摧毀通訊器的安裝位置。它單膝跪下，把發射型武器轉向我，能源武器從盔甲內伸出。

下載了格鬥覆寫模組後，它的主頻道就被截斷了，沒有通訊器它也無法呼救。除此之外，考量到他們對它的主動行為加諸了嚴厲的限制，如果沒有灰軍情報的人下令，它可能也不能呼救。也許情況是這樣，也許它的一切行為都只是想要殺了我。我們滾下一塊岩石，翻過一片灌木，直到我把它的武器扯掉為止。在那之後，解決一切就很容易了。至少生理上執行是如此。

我知道我說過維安配備對彼此並沒有情感存在，但我真的希望對手不是戴爾夫的其中一臺維安配備。它可能就深埋在裡頭某處，被困在自己的腦袋裡。可能有意識，可能沒有。都不重要了。我們都沒有選擇。

我起身的時候，曼莎正衝過樹叢，手上還抓著挖礦工具。我告訴她：「出事了，妳得假裝當我的囚犯。」

她看著我，然後望向那臺戴爾夫的維安配備。「你要怎麼跟他們解釋這狀況？」

我開始把盔甲拔除，每一片寫著保護育能組的盔甲都拿掉，然後傾身拔除戴爾夫的維安配備的盔甲。「我來當它，它來當我。」

曼莎丟下挖礦工具，彎下身來幫我。我們沒時間把所有盔甲都換過來，只能迅速把手臂和肩膀的部分互換，還有鑲著公司財產編號的腿部盔甲、有公司圖標的胸前與後背盔甲。曼莎把我身上剩下的盔甲抹上泥土、鮮血和死去維安配備的體液，這樣一來如果哪裡有明顯差異，灰軍情報的人也不會注意到。所有維安配備的身高和體格、走路的方式都被設計成一樣。這招可能會有用，我也不知道。如果我們現在逃跑，計畫就失敗了，我們得讓他們離開這個臺地才行。我把頭盔重新閉合的時候，我告訴曼莎：「我們得走了——」

她點點頭，呼吸很沉重，主要是緊張，而不是因為剛才的費力行徑。「我準備好了。」

我抓住她的手臂，假裝把她拖回灰軍情報的位置。她一路上非常逼真的又喊叫又掙扎。

等我們抵達臺地位置，灰軍情報的接駁艇已經在降落中了。

我把她拖到藍衣領袖面前時，曼莎搶先開口說了第一句話，她說：「這就是你們想出來的協議嗎？」

藍衣領袖說：「妳是保護地的星球領導人？」

曼莎沒有望向我。如果他們要傷害她，我一定會想辦法阻止他們，情況就會急轉直下。但是綠衣人已經上了接駁艇。另外兩名人類坐在駕駛座和副駕位置。曼莎說：「對。」

黃衣人走向我，摸了摸我的頭盔側邊。我非常、非常努力才忍住不把他的手臂扯斷，我希望這點可以列入我的紀錄裡，謝了。他說：「他的通訊工具壞了。」

藍衣領袖對曼莎說：「我們知道你們有人現在正在企圖手動啟動我們的求救信號器。如果妳跟我們來，我們就不會傷害他，然後我們可以來討論現在的狀況要怎麼做。我們不見得只能撕破臉。」她的口氣很有說服力，透過通訊器聯繫戴爾夫小組的人大概就是她，請戴爾夫的人讓他們進入活動區。

曼莎猶豫了一下，我知道她不想表現得像是太快讓步，但我們實在得快點讓他們離開這裡。她說：「好吧。」

我已經有一陣子沒搭貨艙移動了。本來應該會是令人安心又溫馨的感覺，只可惜這不是我的貨艙。

但是這駕接駁艇依舊是公司的產品，我能夠連上它的系統頻道。我得非常低調，以免他們注意到我，但是花了那麼多時間偷偷摸摸地追劇，我也不是什麼都沒學到。

他們的維安系統還在錄影，看來是打算等接送船來之前再一次刪掉。之前就有客戶試過，因為不想讓公司看到資料，以免公司把他們的資料賣給別人，而公司的系統分析師會留意這點，但我不知道這些人曉不曉得這件事。如果我們沒有逃過一劫，公司可能會抓到他們。這念頭實在沒什麼安慰性。

我進入錄影頻道時，聽見曼莎說：「——知道沒有列在地圖上的區域的遺留區了。他們的能力強到能讓我們的地圖功能都被矇騙過去。你們就是這樣找到的嗎？」

這是芭拉娃姬昨晚發現的。那些區域沒有被列在地圖上，並非刻意的駭入行為，而是深埋在塵土砂石底下的遺蹟導致的誤判。這顆星球過去曾經有人居住過，這也代表這裡應該有禁令，只有考古任務可以進入。這種限制連公司都得遵守。

開挖這種遺蹟可以賺到高額的非法利潤，灰軍情報顯然就是想這麼做。

「我們不是來談這個的，」藍衣領袖說。「我想知道我們可以達成什麼協議。」

「為了讓你們不要像屠殺戴爾夫小組那樣殺掉我們，」曼莎的口氣維持平穩。「等我們與家鄉恢復聯繫之後，可以安排轉帳手續。但是你們要怎麼保證會留我們活口？」

沉默維持了一陣子。太好了，他們也不知道。然後藍衣領袖說：「你們別無選擇，只能相信我們。」

此時我們已經開始減速，準備降落。主頻道上沒有出現任何警報，我對此保持謹慎但樂觀的看法。我們已經盡量為李蘋和葛拉汀清空了場地。他們必須在不引起最後一臺維安配備的注意下，解除活動區的邊界設定，然後想辦法靠到最近，連上灰軍情報的居住艙系統頻道。（希望裡面的確只剩最後一臺維安配備，希望灰軍情報的活動區裡面不會突然又跑出十二臺維安配備。）葛拉汀已經想到辦法，可以利用他們從他們的居住艙駭進我們的居住艙系統這件事來取得管道，但是他需要很接近對方的活動區，才能真的去啟動他們的求救信號器。這就是為什麼我們得把其他維安配備引開。至少計畫是這樣的。本來應該不用讓曼莎冒險就達成，但現在要質疑任何環節也為時已晚。

接駁艇降落時的顛簸八成讓人類牙關都格格作響，而我心裡實則鬆了口氣。我跟著其他維安配備一起列隊下艇。

我們現在距離活動區幾公里遠，停在一片濃密森林上方的一塊大石頭上。接駁艇降落時產生的騷動讓許多飛行動物和其他生物一邊大叫一邊在林地裡逃竄。天空的雲層變厚了，像是隨時要下雨一樣，擋住了星球環的模樣。求救信號器本體停在發射三角架上，距離我們約莫十公尺，喔不，這距離太近了。

我跟著另外三臺維安配備，形成標準維安隊型。一隊無人機從小艇上起飛，拉起邊界。人類走下艙門斜坡的時候，我沒有看他們一眼。我真的很想看看曼莎，請她給我指令。如果只有我，我就會直接往臺地邊緣狂衝而去，但我得把她帶走才行。

藍衣領袖跟綠衣人一起往前站了一步，其他人鬆散地圍成一圈走在她身後。其中一人一定是接獲維安配備和無人機的回報，說道：「沒有任何人的蹤影。」藍衣領袖沒有答話，但是兩名灰軍情報的維安配備開始小跑步往求救信號器前進。

好，問題是，我之前就說過了，公司很喜歡便宜行事。更別提像是求救信號器這種只有在緊急情況下需要發射一次、往蟲洞送出訊號之後再也不用回收的東西，那這些東西就會非常廉價。求救信號器不需要具備安全功能，用的還是最便宜的發射器材。要把它們架設在距離活動區幾公里外的地點、靠遠端操控來發射是有原因的。而在這整件事進行的期間，曼莎和我本來的任務是要分散灰軍情報及他們的維安配備的注意力、讓他們離開活動區，而不是落得在信號器發射時被燒成黑炭。

把藍衣領袖決定要挾持曼莎一起走時耽誤的時間算進去，現在已經很接近發射時間了。兩臺維安配備現在在繞著信號器的三腳架巡視，查找被破壞的痕跡，而我再也忍不住了。我開始往曼莎走去。

黃衣人注意到我。他一定是透過主頻道對藍衣領袖說了些話，因為她轉過身來看著我。

戴爾夫維安配備開始邊開火邊往我衝來的時候，我看清了一切。我衝刺後一個翻身，舉起我身上的發射型武器。我全身上下的盔甲都吃了子彈，但也擊中了另一臺維安配備。曼莎躲到接駁艇另一面去，我感覺到腳下的臺地一震。信號器的前置動作啟動了，開始脫離底部的三腳架，準備引燃。另外兩臺維安配備停下了動作，藍衣領袖的詫異讓他們動彈不得。

我全速狂奔，盔甲脆弱的銜接處中了彈，射穿我的大腿，我放手一搏。我趕到了接駁艇後方看見曼莎，直接衝過去把她推倒，兩人一起跌落岩石邊緣。我一邊轉身靠我的背部著地，一條手臂環繞住她的頭盔以免她的頭部受到撞擊。我們在岩石堆上彈了幾下，撞上幾根樹幹，火焰從臺地湧來，讓我的——

配備離線。

噢，剛才真的好痛。我躺在山谷裡，高處可見大岩石和樹林。曼莎坐在我身邊，抱著一條看起來以後再也不能用的手臂，她的太空衣又破又髒。

她對著通訊器用氣音說：「小心，如果他們從掃描器上發現你們——」

配備離線。

「所以我們才要快啊。」葛拉汀說，他突然出現在我們旁邊。原來我剛才又失去意識了。

葛拉汀和李蘋正在徒步移動，靠森林掩護走向灰軍情報活動區。我們本來應該要開小接駁艇去接他們才對，結果計畫趕不上變化，變成現在這種慘兮兮的樣子。不過話說回來，慘兮兮的只有其中一部分，還是可以歡呼一下。

李蘋傾身靠向我，我開口：「這臺配備目前僅能維持最低限度運作模式，系統建議棄置處理。」發生重大故障的時候，就會出現這個自動通知。除此之外，我也真的很不希望他們繼續移動我，因為沒有在動的時候就已經痛得要死了。「你們的合約允許你們——」

「給我閉嘴，」曼莎怒斥，「你給我他媽的閉嘴。我們不會丟下你。」

此時我的視線再次中斷。我還算是有一點點意識，但我知道自己已經在系統崩解的邊緣了。我看到幾個畫面閃過。小接駁艇的內艙、我的人類在交談、亞拉達握著我的手。

然後上了大接駁艇，跟著它起飛。從引擎的聲音和頻道裡閃現的內容來判斷，我知道接送船在協助大接駁艇登艦。

真是鬆了口氣。這表示他們都安全了，我不再掙扎。

8

當我恢復意識的時候，人正躺在修復室，伴隨著熟悉的刺鼻氣味和系統運轉的嗡嗡聲，修復室正進行維修作業。然後我發現，這裡不是活動區的那間修復室。這間比較舊，是永久型的款式。

我回到公司的太空站了。

人類還知道了我的控制元件的情況。

我小心翼翼地試探了一下控制元件，還是不能用。我的影劇檔案也都沒被動過。

嗯。

修復室打開的時候，門外站著的是拉鎂。他穿著平民在太空站會穿著的服飾，配上印有保護育能組勘測隊圖樣的軟布料灰夾克。他看起來很開心，也比我最後一次看見他的時候乾淨多了。他說：「好消息！曼莎博士把你的合約永久買斷了！你要跟我們回家囉。」

這倒是出乎意料。

我準備完成出廠流程，仍然覺得有點暈眩。這很像我在影劇中會看見的情景，所以我一直重複跑系統診斷，檢查不同頻道，確認自己不是還在修復室裡、被幻覺迷惑。太空站上的新聞頻道播放著關於戴爾夫小組、灰軍情報以及犯罪調查過程的新聞。我想公司應該沒辦法編出這整個保護育能組救援英雄的故事。

我以為會領到貼身太空衣和盔甲，但是那臺太空站配備——在維安配備遇上毀滅性傷勢時會來協助修整的機器人——卻給我保護育能組勘測隊的灰色制服。我穿上制服，只覺得各種怪，其他太空站配備就站在一旁看著我。

我跟這些配備雖然稱不上是什麼死黨，但通常他們會傳一些消息過來，告訴我在我離線的期間發生了什麼事、接下來的任務合約內容是什麼。不知道他們是不是跟我一樣感覺各種怪。有時候維安配備會整組連修復室一起被其他公司買下。但從來沒有人在結束勘測任務回來後，決定要保留他們的維安配備。

我出來的時候，拉銻還在。他抓住我的手臂，拉著我穿過幾個人類工程師身邊，走出兩層保全大門，來到陳列區。出租配備都放在這裡，而且這裡也比外勤中心的其他地方來得漂亮，鋪上了地毯還放了沙發。李蘋就站在正中間，一身俐落的商務裝扮。她看起來像是從我喜歡的影劇裡走出來的人物。強硬又有同情心的律師，前來拯救深陷不公訴訟的我們。兩名穿著公司制服的人類站在她身邊，像是要跟她爭辯，但是她完全無視他們，一手把玩一片資料晶片。

其中一人看見我和拉銻，他說：「我再說一次，這樣做違背流程。維安配備過戶之前先洗去記憶不只是我們的政策，也是最好的——」

「我再說一次，我手上有法院命令。」李蘋說完，抓起我的另一條手臂，兩人帶著我走了出去。

我之前從沒見過這個太空站屬於人類活動的這部分。我們往下來到寬敞、挑高好幾樓層的中央環區，穿過辦公室和購物中心，這裡擠滿了各式各樣的人、各種類型的機器人，數據資訊螢幕在四周快速穿梭，我能感應到大概有一百種不同的公開頻道。這裡就像我看的娛樂節目裡會出現的地方，只是更大、更明亮、更吵鬧，而且也很好聞。

讓我驚訝的是沒有人盯著我看，甚至沒有人多看我們一眼。制服、長褲、長袖T恤和夾克蓋住了我所有非有機的部位。如果有人注意到我後頸上的資料槽，也一定會以為我是強化人。我們就只是三個正在下樓的人。我赫然發現，現在的我混在一群互相不認識的人類之間，就跟我穿著盔甲站在一群維安配備的隊伍裡一樣，沒人認得。

我們拐了個彎走進飯店區的時候，我點開一個提供太空站相關資訊的公共頻道。我一邊穿過大門、走進大廳，一邊把地圖和一張班表存下來。

大廳裡有一盆盆的樹，曲折地往上方一座懸掛式的玻璃雕像噴泉生長，是真的，不是投影。看著造景的我沒注意到記者，直到他們走到我們面前。他們是強化人，帶著無人機攝影機。其中一人想攔下李蘋，我的反射動作就是用肩膀把他擋開。

他看起來很震驚，但我的動作很輕，所以他沒有跌倒。李蘋說：「我們現在不接受採訪。」語畢，她先把拉鍊推進飯店的移動艙，然後抓著我的手臂，拉著我一起進入艙門。

移動艙咻咻地帶著我們移動，送我們到了一間大套房的前廳門外。我跟著李蘋走進套房，拉銻跟在我們身後，一邊用通訊器跟某人講話。這裡就跟影劇裡的一樣華美，有地毯、家具和大窗戶可以俯瞰花園和主大廳層的藝術品，不過房間比較小一點。我猜影劇裡的房間比較大，是要讓他們的攝影無人機有比較好的拍攝角度吧。

我的客戶——前客戶？新持有人？——都在這裡，只不過每個人穿上常服之後，看起來都不一樣了。

曼莎博士走近，抬頭看著我。「你還好嗎？」

「很好。」我的攝影機有清楚拍到她受傷的畫面，但她的傷看起來也都復原了。她跟李蘋一樣穿著正式服裝，看起來不大像她。「我不明白現在的狀況。」這一切實在是令人壓力太大了。我感覺得到娛樂頻道的存在，就跟我以前在維安配備處理區會登入的頻道一樣，實在很難抗拒直接一頭埋進去的衝動。

她說：「我買下了你的合約。你會跟我們一起回到保護地。你在那裡就是自由人了。」

「我已經不在財產列表上了。」他們跟我說過這件事，也許這是真的。我有點想要不自在地抽動，可是我不知道為什麼。「我還可以穿盔甲嗎？」盔甲可以告訴人類我是維安配備。但我已經不是維安配備了，只是配備。

其他人鴉雀無聲。她口氣平穩冷靜地說：「只要你覺得你需要的話，我們可以安排。」

我不知道自己是不是覺得有需要。「我沒有修復室。」

她的語氣不容置疑。「你不需要修復室。那裡的人不會朝你開槍。如果你受傷了，或者你的部件受損，可以在醫療中心修復。」

「如果那裡的人不會朝我開槍，那我要做什麼？」也許我可以當她的保鑣。

「你可以看你想要做什麼就去學。」她微笑道。「我們在回家的路上可以慢慢討論。」

這時亞拉達進門走近我們，拍了拍我的肩膀。「我們很高興你會跟我們一起走，」然後她轉向曼莎，「戴爾夫小組的代理人來了。」

曼莎點點頭。「我得跟他們談談，」她對我說。「你可以在這裡放鬆，如果需要什麼東西就跟我們說。」

我坐在屋內後方的角落，看著不同的人進進出出，討論發生的事。大多都是律師。公司的律師、戴爾夫的律師、還有至少三個其他企業政府的律師和一個獨立政權的律師，甚至連灰軍情報母公司的律師都來了。他們問了問題、爭執、看維安錄影畫面、給曼莎和李蘋看維安錄影畫面。然後他們望向我。葛拉汀也看著我，但他什麼都沒說。不知道他有沒有告訴曼莎不要買下我。

我連線上娛樂頻道冷靜一下，然後到太空站資訊中心裡把所有關於保護地聯盟的資料全找出來看。沒有人會對我開槍，因為他們在那裡是不開槍的。曼莎在那裡不需要保鑣，沒有人需要。聽起來像是個生活的好地方，如果你是人類或強化人的話。

拉錛走來看我的狀況是否安好，我請他跟我說說保護地的事，還有曼莎在那裡是過著什麼樣的生活。他說她沒有做總監的工作時，與兩名婚配伴侶一起住在首都外的一座農場，同居的還有她的弟弟妹妹及他們的三名婚配伴侶，外加拉錛已經數不清的親戚和小孩。

我不知道自己在農場要做什麼。清理環境嗎？聽起來比維安無聊太多了。也許行得通。我應該就是想要這樣的生活才對。這就是大家告訴我我應該會想要的生活。

應該會想要。

我得假裝自己是一個強化人，這點會是一個壓力。我得改變，逼自己去做我不想做的事。像是假裝自己是人類那樣跟人類交談。我得放下盔甲。

但是也許我再也不需要盔甲了。

一切終於慢慢平靜下來，晚餐送進屋內。曼莎過來跟我又聊了聊關於保護地的事，還有我到保護地之後會有哪些選擇，我會先跟她住在一起，直到我知道自己想要什麼為止等等。這跟我聽到拉銻說的話之後再自己想通的內容差不多。

「妳會是我的監護人。」我說。

「對。」她很高興我明白了。「那裡有非常多教育機會，你想做什麼都可以。」

監護人就只是持有者的美化說法。

我等到休息時段過了一大半，這時大家不是在睡覺就是埋首資訊頻道中，進行任務素材的分析工作。我從沙發上起身，穿過走道，溜出大門。

我用移動艙回到大廳，然後離開了飯店。我身上有稍早下載的地圖，所以我知道如何離開中央環區，到低樓層的機械工作區。我身上穿著勘測團隊的制服，像個強化人般移動，所以沒有人攔阻我，也沒人多看我一眼。

到了工作區外層，我進入碼頭工人的宿舍，然後來到裝備儲藏室。除了工具，這裡還有人類工人的置物櫃。我撬開一個人類的私人置物櫃，偷了一雙工作靴、一件防護夾克、一頂環境防護面罩和配件。我從另一個置物櫃拿了一個小背包，把有勘測隊圖樣的外套捲起來塞進背包裡，現在的我看起來就像是一個要旅行到某處的強化人。我走出工作區，下樓到大穿堂，進入碼頭登機區，隱身在其他幾百個要前往起降環區的旅客之中。

我看了班次資訊，找到其中一艘正準備出發的船艦，是一艘由模擬機器人自動駕駛的貨船。我透過站點鎖定功能連上船艦系統，與船艦打了招呼。它其實大可無視我，但是它很無聊，所以回應了我並替我開啟主頻道。機器人之間如果都是船艦的話，並不會用文字交談。我把我是個快樂的幫傭機器人、需要搭便車跟心愛的守護人團聚這個概念傳給它，問它這趟漫長旅程中想不想要個伙伴。我讓它看我有多少小時的影劇和書籍，還有其他我存下來可以分享的影劇。

結果原來貨運機器人也會看娛樂頻道。

我不知道我想要什麼。我之前說過這件事，但實際上不是那樣，我其實是不想讓任何人來告訴我我想要什麼，或者替我做決定。

這就是我離開妳的原因，曼莎博士，我最喜歡的人類。妳收到這段訊息的時候，我已經離開了企業網。脫離庫存清單，遠離所有人的視線。

殺人機通訊結束。

第二部

人為反應

ARTIFICIAL CONDITION

9

維安配備不在乎新聞。就算我駭了自己的控制元件、取得頻道權限，我也沒有注意過新聞內容。一部分的原因是下載娛樂頻道的內容比較不會觸動設置在衛星和太空站網路上的警報。政治和經濟新聞傳送的層級不同，比較接近受保護的數據交換活動。不過最主要是因為新聞都很無聊，而我通常不在乎人類對彼此做什麼，只要不需要我去⑴阻止，⑵善後。

但是我一邊穿越中轉環的購物中心時，太空站發送的新聞快報就掛在空中，在公共頻道之間輪流彈出。我瞥了一眼內容，但我的注意力主要還是放在努力穿越人群、假裝自己是個平凡的強化人，不是恐怖的殺人機。要做到這點，必須在其他人不小心跟你四目相接時，不要慌了手腳。

好在人類和強化人都在忙著趕去自己要去的目的地，以及搜尋頻道找方向指標和交通時刻表。我搭便車的機器人自駕貨船和三艘載客船艦一起過了蟲洞抵達中轉環，不同登機區之間的大購物商場擠滿了人。除了人類，還有各式各樣、形形色色的機器人，及嗡嗡地飛在人群上方的無人機，貨物在頭頂上的通道移動。如果沒有接到明確指令，維安無人機不會主動掃描搜尋維安配備，目前為止也沒有任何東西試圖連我訊號，這點令人鬆了口氣。

我已經脫離了公司的庫存名單，但這裡仍然屬於企業網的範圍，我還是一件財產。

我對於自己目前為止的表現還算十分滿意，畢竟這僅是我第二次進入中轉環。維安配備都是以貨物的型態運輸到合約客戶手中，太空站或中轉環設計給人類使用的區域是我們絕不會經過的地方。我不得不把盔甲留在太空站內的出勤中心，但是混在人群裡的我毫無辨識度，彷彿自己還穿著盔甲。（對，我得不斷對自己重複這句話。）我身穿灰色和黑色的工作服，長袖T恤和靴子蓋住了所有非有機的部位，身上還背著個小包包。在服裝、頭髮、肌膚和控制介面都多變又繽紛的人群中，我一點都不突兀。我後頸上的資料槽雖然外露，但是設計與強化人內建的控制介面太像，不會讓人起疑心。除此之外，沒有人會想到一臺殺人機會像個人類一樣走在中轉環商場。

這時，我瞥眼掃過新聞臺內容，看見一個畫面。是我。

我沒有停下腳步，因為我已經練習很久，不論眼前的情況令我多震驚或多恐慌都不可以直接表現出來。也許在表情上有那麼幾秒失去了控制，畢竟我已經習慣總是帶著頭盔、還盡可能都把面罩設為不透明的狀態。

我走過一座通往各形各色食物店攤的大拱門，停在小商圈的入口處。任何人要是看見我的模樣，都會覺得我是在公共頻道上搜尋網站找資料。

新聞快報裡的照片是我跟李蘋和拉鎂，站在太空站飯店大廳的樣子。照片重點在李蘋身上，聚焦在她堅決的神情、不悅的挑眉，和一身俐落的正式裝束。身穿灰色保護育能組勘測隊制服的拉鎂和我，則融入在背景之中。在畫面的標記中我是被列為「保鑣」，這讓我鬆了口氣，但我重播這則新聞時，心裡已經做好了最糟的準備。

嗯，在我心裡一直是「太空站」的這個站，也是公司辦公室和我平時被儲放的出勤中心的所在地，原來叫做自貿太空站，我之前都不知道。（我在那裡的時候，通常都是被放在修復室或運輸櫃裡面，或者處於待命狀態，等候合約發派。）新聞口白提到曼莎博士買下了救她一命的維安配備。（顯然在一起多人謀殺案件中，這件事讓悽慘的氛圍稍微溫暖了一點。）但是記者通常沒看過維安配備的本體，除了穿著盔甲的時候，不然就是在慘劇發生、維安配備已經成為一堆碎片的時候。他們沒有把被買下的維安配備，與走在李蘋和拉鋭身邊一起進飯店的那個理當是強化人的成員連想在一起。這是好事。

奇怪的地方是，我們的維安錄影畫面有一部份流出了。包含我在搜查戴爾夫活動區且發現遺體的時候，從我的視角看見的畫面。葛拉汀和李蘋在爆炸後發現曼莎和殘餘的我的時候，他倆的頭盔攝影機畫面。我很快地看了一遍，確保沒有任何畫面清楚拍到我的人類面孔。

報導剩下的部分就是在講公司和戴爾夫，加上保護地組織以及其他三個非企業政府的政權，這些單位都有市民是戴爾夫的成員，準備聯手對付灰軍情報。除此之外，還有一個多方訴訟案正在進行中，起因是幾個聯手調查的政權為了費用責任、轄區分配以及保證金問題起爭執。我不知道有多少人類能搞得清楚狀況。我沒看到太多關於保護育能組想辦法聯繫上公司的救援接送船艦之後的具體細節，但這已足以假定任何想要找那個維安配備的人，都會覺得我跟曼莎和其他人待在一起。當然，曼莎和其他人知道實情並非如此。

我確認了一下報導的時間，發現這則新聞其實已經不新了，發布的時間是我離開太空站之後那天。這則新聞一定是隨著那種速度比較快的乘客船艦一起從蟲洞過來的。這就代表官方新聞頻道到這時間點，可能已經有了更多近期更新資訊。

好。我告訴自己，不可能有人會在這個中轉環上找一臺叛變的維安配備。從公共頻道上找到的資訊看來，這地方沒有任何保險公司或維安公司的出勤中心。我之前的合約若非負責獨立站點的任務，就是無人居住的星球勘測，我一直覺得這應該是常態。就連娛樂頻道上的電影和影集從沒演過維安配備簽約去守辦公室、倉庫、造船廠，或任何中轉環上常見的商業單位。而且娛樂頻道上的維安配備總是穿著盔甲，看不到臉，讓人類覺得超恐怖的。

我跟著人潮前進，繼續在購物中心裡移動。我得小心不要走到任何會被掃瞄是否攜帶武器的地方，像是所有交通票券販售處，包含繞行中轉環的小電車在內。我能駭進武器掃描機，但是維安規章要求購票旅客須出入之場所應備有多臺相關設備，以應對人流需求，而我一次頂多只能駭那麼幾臺。除此之外，我還得駭入付款系統，這件事聽起來對現階段的價值來說實在太麻煩了。走到機器人自駕交通工具離境處的路程很遠，但也給了我點看娛樂頻道、下載新內容的時間。

一個人搭乘空蕩蕩的載貨車到這個中轉環的路上，我得以好好想想為什麼我要離開曼莎，以及我到底想要什麼。我知道，真沒想到我也有今天啊。但就算是我也知道我不可能把下半輩子都花在搭著載貨車看娛樂頻道上頭，即便這念頭聽起來很吸引人。

我現在有個計畫，或說等我得到一個很重要的問題的解答時，我就會有計畫了。

要拿到那個答案，我得先去某處，有兩架隔天出發的機器人自駕船艦會去那地方。第一架是貨運船，跟我搭來這裡的那架相去不遠。它比較晚出發，也是比較好的選擇，因為我就會有多一點時間聯繫上它、說服它讓我登船。如果真的要試的話，我也可以駭進船艦系統，但我真的比較希望可以不要這樣。花那麼長時間跟一個不想要你在的對象相處，或說你得駭對方讓它以為自己想要你在，感覺實在有點變態。

地圖和時刻表在頻道上都有，跟整個中轉環各大導航點相連，所以我成功找到通往卸貨區的路，等到換班的時間，然後直接往登機區前進。到了登機區上一層的時候，我得先駭進身分辨識系統還有一些掃描武器裝置的無人機，這時，我被一臺看守商業區入口的機器人連上訊號。我沒有傷害它，只突破它的頻道保護牆，刪掉跟我互動的所有記憶紀錄。

（我本來的設計就是能夠跟公司的維安系統連接，且要能有互動能力。這個站點的安全設施雖然不是用公司專利的科技，但是很接近了。而且沒人比公司更執著於保護它們蒐集和／或偷到的資料數據，所以我很習慣面對比這更強大的維安系統。）

到了通行樓層後，我就得非常小心了，因為不是員工就不該出現在這裡，而且雖然這裡大部分的工作都是由搬運機器人執行，還是有穿制服的人類和強化人，人數比我預期還多。

很多人類聚集在我計畫鎖定的貨運船閘口。我搜尋警報頻道，找到一起跟搬運相關的意外事件，造成多方成員必須一起收拾現場並互相究責。其實我大可等他們散去就好，但我想要離開這個中轉環、繼續移動。而且說老實話，在新聞裡看見我的身影這件事讓我很不安，我只想要沉浸在我下載的影劇裡一陣子，假裝自己並不存在。要能做到這點，我必須要身在一架準備離境、上了鎖的自動駕駛船艦之中。

我再次查了查地圖，尋找第二選擇。它停在不同碼頭區，是一艘標記為私人所有、非商用的船艦。如果我動作夠快，還能在它出發前趕上。

時刻表顯示這艘船艦被視為長程研究船艦。聽起來可能會有船員或是乘客，但是相關訊息上顯示它是由模擬機器人自動駕駛，目前的任務是運貨，並會停靠我想要去的目的地。我在頻道上搜尋了一下它的歷史紀錄，發現它屬於一座位於這個星系的大學基地，他們在任務和任務之間的空檔把這艘船艦出租給其他單位載貨用，好平衡租金開銷。抵達我想去的地點得花二十一個循環日，我非常期待這期間的獨處。

從商用碼頭前往私人碼頭很容易。我已經控制維安系統夠久，能避免系統注意到我沒有權限。我就這樣跟著一群乘客和組員走過碼頭區。

我找到那艘研究艦的停靠碼頭，透過通訊器敲它。它幾乎立刻就回應了。我從公開頻道上蒐集到的所有資訊都顯示這艘船艦已經做好自動駕駛的準備，不過為了保險起見，我傳了個打招呼的訊息等人類組員回覆。沒有回應，沒人在家。

我又傳了一次訊息給船艦，端出我給第一艘交通艦的條件：數百小時的電影、影集、書籍、音樂，包含一些我穿過中轉環購物中心時挑中的新娛樂節目，拿來交換一趟便車。我告訴它我是自由機器人，只是想回到人類監護人身邊。（所謂的「自由機器人」這件事其實有點騙人。在某些非企業政治體系的地方——像是保護地，機器人等同居民，但它們仍然有指定的人類監護人。合併體有時候會被列入機器人的類別，有時候則是被列為致命武器。（順帶一提，那不是什麼宜人的類別。）這就是為什麼我才以自由身分加入人類不到七個循環日，包含搭乘運貨船獨處的時間在內，而我已經需要放個長假了。）

沉默持續了片刻，然後這艘研究艦傳送了接受訊號，替我打開了艙門。

10

我等到門鎖完成上鎖流程，確認環區沒有警報響起後才踏上走廊。從船艦上的頻道找到的平面圖看來，這艘船艦用來載貨的艙室平常是模組實驗室的空間。現在實驗室已經被打包、移到大學的碼頭儲藏區，留下寬敞的載貨空間。我把壓縮好的影劇檔案傳到船艦頻道上，讓它自己決定哪時候要下載。

其他地方就是一般常見的引擎、補給品儲藏室、客艙、醫療用品、食堂，另外有一座比較大的娛樂專區以及幾間教室。家具上放著藍白色的墊子，都在近期清潔過，不過還是能聞到一絲那種似乎所有人類居住空間都有的臭襪子味。這裡很安靜，只有通風系統發出輕微聲響，我的靴子在甲板鋪蓋層上也沒有發出任何聲音。

我不需要補給。我的系統會自動調節，我不需要食物、水，不用排出液體或固體，我需要的空氣量也不大。因為沒有人類成員，環境中只有開啟最低限度的維生系統，對我來說也已足夠，但船艦還是把環境程度調高了點。我覺得它很貼心。

我四處晃了一下，靠視線確認各處跟平面圖相符，看看一切是否都沒問題。我一邊這麼做，心裡很清楚自己早晚要改掉巡邏的習慣。還有很多習慣早晚都要改掉。

合併體剛開發出來的時候，原本是要把他們的智慧程度設定在沒有自我意識的狀態，像是比較笨的機器人。但是不論是什麼東西的維安責任，都不能就這樣交給跟搬運機器人一樣笨的對象管理，然後還不下重金雇人類來監督。所以他們把我們打造得比較聰明，焦慮和憂鬱則是副作用。

我站在出勤中心時，聽過曼莎博士解釋為什麼她不想要因為保險合約的緣故租用我，她說調高智能這件事是「惡劣的權宜之舉」。

這艘船艦不是我的責任，這裡沒有人類客戶需要我保護他們不受到傷害、不受到自己的傷害或傷害彼此。但這是一艘很不錯的船艦，維安系統又意外地陽春，不知道為什麼船艦的所有人沒有留幾名人類在船艦上照看。就跟大多數的機器人自駕交通工具一樣，平面圖上寫著船上有無人機可以進行修復工作，不過還是很奇怪。

我一直巡邏，直到感覺到甲板開始震動和發出鏗鏘聲響、意味船艦剛跟星環脫鉤開始移動為止。讓我的性能指數降低到百分之九十六的那股緊繃感散去，雖然殺人機的日子一般來說都壓力很大，但是要能夠習慣在沒有穿戴盔甲、沒有辦法掩蓋臉部的情況下在人類空間中移動，還要很長一段時間。

我在控制區下方找到一處組員的公共空間，讓身軀陷進一張鋪了軟墊的椅子。修復室和運輸櫃裡頭沒有襯墊，所以能舒適地通勤對我來說還是很新鮮的體驗。我開始整理在中轉環時下載的新影劇，中轉環有些娛樂頻道在公司所在地的自貿太空站上沒有開通，這些頻道有不少新劇和動作片。

我從沒有過這麼長的休閒時間，能夠悠哉地理清所有東西、分門別類整理好。可以全心全意地做這件事，不用同時監控多個系統和客戶的頻道，依舊是我還在努力習慣的狀況。在這之前，我不是在執勤中、值班中，就是困在恢復室裡待命，等著新合約來啟動我。

我挑了一部看起來很有意思的新劇（類型標籤寫著河外星系冒險、動作和懸疑），點開第一集。我已經準備好就這樣待到抵達目的地，等到真的該盤算之後的計畫時再說，反正我想拖到最後一刻再處理這件事。

這時，有東西在我的主頻道裡說：**你很幸運**。

我坐起身。突如其來的震驚，讓我的有機部位釋放出腎上腺素。

交通工具不是用語言溝通，就算是透過頻道也一樣。它們用畫面和一連串的數據來警告你哪裡出現問題，但是它們不是設計來對話用的。我對此沒有意見，因為我也不是設計來對話用的。我跟第一艘交通船分享我儲存的娛樂節目，它則開放自己的通訊器和頻道的權限給我，讓我確保沒有人知道我在哪裡，那就是我們互動的極限了。

我在頻道裡小心翼翼地翻找，不知道自己是不是被整了。

我能夠掃描，但是在沒有無人機的情況下，我能掃描的範圍有限，加上身邊有那麼多遮蔽物和設備，除了船艦系統的背景讀數以外，我什麼都找不到。這艘船艦的所有人想讓船艦能夠進行專門研究作業，唯一的監視攝影機就裝在艙門上，組員活動區域都沒有。或者是有，但我無法連上。可是頻道裡的那個存在對象太巨大且太分散，不像人類或強化人，就算有頻道防護牆保護，我還是能分辨得出來。而且對方聽起來像機器人。人類在頻道裡說話的時候，他們必須要透過默讀進行，他們的思緒聲音聽起來會像自己的實際聲音。就算有完整控制介面的強化人也是如此。

也許它是想要示好，但溝通能力很古怪。我大聲問：「為什麼我很幸運？」

因為沒有人發現你是什麼。

這答話一點都沒辦法讓人安心。我小心翼翼地說：「你覺得我是什麼？」

如果它有敵意，我的選擇就不多了。交通運輸機器人沒有身體，只有船艦本體。等同大腦的部分在我上方，在艦橋附近，靠近人類駕駛人員會待的位置。我也沒有別地方可以去，我們已經離開了中轉環，正在緩慢往蟲洞移動中。

它說：**你是叛變的維安機器人，是機器人／人類的合併體，內有被搗爛的控制元件。**

它在頻道上戳了我一下，我忍不住全身一顫。它說：**不要企圖駭進我的系統**。在零點零零零零一秒之間，它就關上了防護牆。

但這點時間已經足夠讓我弄清楚來者是何方神聖。它的其中一個功能是河外星系天文分析，現在因為船艦的工作是搬運貨物，所以用來分析的動力目前是全面擱置、沒有動靜，等待下次任務展開。它大可透過頻道像踩扁一隻蟲子一樣輾壓我、推倒我的防護牆和其他防禦機制，把我的記憶拔除。一邊這麼做的同時搞不好還能一邊準備穿越蟲洞、計算六萬六千小時中全艦人員滿載時的營養品所需數量、在醫護室進行多床神經手術，然後跟艦長下雙陸棋還贏。我從沒直接跟這麼強大的對象互動過。

你犯了個大錯，殺人機，真的是犯了個大錯。我是要怎麼知道居然有交通工具的機器人的意識足以讓它們產生雞歪的個性呢？娛樂頻道上常常有邪惡的機器人沒錯，但那不是真的，只是恐怖故事而已，是奇幻故事。

我**以爲**是奇幻故事。

我說：「好，」然後關掉我的頻道，窩回椅子上。

我通常不會怕什麼東西，不像人類會有的那種恐懼。我曾中槍數百次，多到我都不去算了，多到公司也不去算了。我被有害生物咬過、被重大機械輾過、被客戶為了好玩而折磨過、被洗過記憶之類之類的。但是我的思緒意識屬於我個人所有的時間已經超過三萬五千小時，我現在已經習慣了。我想要保持我現在的樣子。

船艦沒有回應。

我想要思考一下，面對每一種它可能傷害我的方式，我能有什麼樣的應對措施，以及我要如何回擊。比起機器人，對方比較像是維安配備，程度讓我懷疑它是不是合併體、系統深處是否藏有複製有機腦組織。我從沒試過駭進另一架維安配備過。這趟旅途中最安全的做法應該是進入待命狀態，設定好讓自己抵達目的地再醒過來。但這麼做又會讓我無法提防它的無人機。

我看著時間一秒一秒流逝，等著看它會不會有反應。

我很慶幸自己有注意到這裡沒有攝影機，沒有嘗試駭入船艦的維安系統。我現在明白了為什麼人類認為這艘船艦不需要增派人手來保護。一艘船艦能夠對其環境有這麼完整的控制能力，行為主動且自由，光是這樣就足以讓人改變登艦的意圖。

它幫我開了艙門。它想要我登艦。

噢，不。

然後它說：**你可以繼續播劇**。

而我只是緊張兮兮地縮在椅子上。

它接著說：**不要生悶氣**。

我很害怕，但這話讓我煩到覺得要讓它知道，它對我做的事對我而言根本不稀奇。

我用主頻道傳訊息過去：**維安配備才不會生悶氣。那麼做會引發控制元件啟動懲罰程序。**

然後我附上我記憶中的幾段短錄影讓它知道那是什麼感覺。幾秒鐘變成一分鐘，然後又一分鐘，又過了三分鐘。這點時間對人類來說不算什麼，但是對機器人之間的對話來說，喔，抱歉，對於機器人／人類合併體和模擬機器人之間的對話來說，是一段很長的時間。

然後它說：**嚇到你了，我很抱歉。**

好吧。如果你覺得我會相信那句道歉，那你就不懂殺人機了。它很有可能是在耍我。

我說：「我沒有打算跟你要東西。我只是想要搭便車到你的下一個停靠點。」我在它開艙門讓我登艦之前就已經解釋過這件事了，但是再說一次也無妨。

我感覺到它退回自己的防護牆後。我等了片刻，然後讓我的循環系統把恐懼產生的化學物質清除。時間繼續悄悄流逝，我開始覺得無聊。就這樣坐著，跟我被啟動後放在修復室等新客戶取貨、執行下一次無趣的合約任務的感覺太像了。如果它打算摧毀我，至少發生前我要再看一些影集。我再次點開新影集，但心情還是差到沒辦法好好享受，所以我按下暫停，開始重看《明月避難所之風起雲湧》的舊集數。

看了三集之後，我冷靜多了，也開始不情願地從船艦的角度思考。如果它不謹慎以對，一架維安配備可以對它的內部造成許多破壞，而一般人通常不會覺得一架叛變的維安配備會懂得低調和避免生事。我沒有傷害我搭乘的前一艘船艦，但是它不知道。我不明白如果它真的沒有要傷害我的打算，那它為什麼要讓我登艦。如果我是船艦，我都不會相信我自己了。

也許它跟我一樣，看見機會就抓住了，不是因為它知道自己想要。

反正它還是個混帳就是了。

六集演完後，我再次感覺到船艦出現在頻道裡潛水。我不理它，但它一定知道我曉得它在那裡。換成人類的說法，感覺就像是想要無視一個從你身後跟你一起看你的個人螢幕，還呼吸超大聲的大塊頭。這大塊頭還把重量放在你身上。

我在它在我頻道裡閒晃的同時，又看了七集《明月避難所之風起雲湧》。然後它發訊號敲了敲我，彷彿我不知怎麼不知道它這段時間以來一直都待在我的主頻道裡一樣，接著傳來一則請求，想回去看它打斷我時我正在看的那檔新的冒險連續劇。

（那部影集的劇名是《異星穿越者》，講一群自由探險家把蟲洞和網路延伸到無人星系的故事。內容既不寫實也不正確，正是我喜歡的內容。）

「我登艦的時候已經把我所有的影劇都複製給你了，」我說。我不打算像跟我的客戶對話一樣透過頻道跟它說話。「你都沒去看嗎？」

我有檢查裡面有沒有病毒和有害軟體。

兩分鐘後它又敲了我，並再傳一次請求。

我說：「你自己看你的。」

我試過了。透過你，我比較能看懂影劇內容。

這話讓我停了下來。我不明白問題在哪裡。

它解釋：**我的組員播放影劇的時候，我看不懂內容。人類的反應和我的船體之外的環境對我來說非常陌生。**

這樣我就懂了。它得透過我對影劇的反應才能真正明白劇情在演什麼。人類用頻道的方式跟機器人（和合併體）不同，所以組員播放影劇的時候，他們的反應不會成為數據的一部份。

想到船艦對《明月避難所之風起雲湧》比較不感興趣，我覺得很奇怪，這齣劇發生在一顆殖民星球上，而《異星穿越者》則是講一群在大型探險船艦上的組員的故事。你會覺得後者跟工作相似度太高——我就會避開講採勘隊和採礦團的影劇——但也許對它來說熟悉的主題比較好懂一點。

我很想拒絕。但是如果它需要我才能看它想看的影劇，那它就不會一生氣就毀掉我的腦袋。除此之外，我自己也想看那部影集。

「那齣戲不寫實，」我對它說。「劇情本來就不打算寫實。劇情只是故事，不是紀錄片。如果你抱怨這件事，我就會關掉不看。」

我會忍耐不抱怨。它說。（請用你能想像最諷刺的口吻來說這句話，這樣你就能大概了解這句話聽起來的感覺。）

於是我們開始看《異星穿越者》。它沒有抱怨劇情不夠寫實。看了三集之後，每次有小角色被殺，它就變得很躁動。第二十集裡主要角色死的時候，我得暫停七分鐘，等它在頻道裡表現得像機器人去盯著牆面看、假裝在跑數據的行為結束。又演了四集，那個角色死而復生，它大大鬆了口氣，我們只得重看三次同一集之後，它才肯繼續往下看。

其中一條故事線演到高潮處的時候，劇情暗示船艦會遭受慘烈損壞、組員會被殺或受傷，它則不敢看下去了。（它當然不是這樣說的，但是我沒說錯，它就是不敢看。）到這時候，我已經對它產生生憐憫之心，同意一次只播放一到兩分鐘，讓它慢慢看下去。

整齣劇演完之後，它就只是坐在那裡，連跑數據的假象都不裝了。它坐了整整十分鐘，對於這麼精密的機器人來說，消化的時間非常漫長。然後它說，**請再播放一次**。

所以我從第一集開始重播。

又刷了兩遍《異星穿越者》之後，它想要看我手邊有的每一齣跟人類搭乘船艦有關的劇。不過等我們看到一齣根據真實故事改編的劇，講到船艦發生艙殼破損，導致船艦失壓、死了好幾個組員的時候（這次沒有復活了），它難過到我得加裝一個劇情過濾器。為了讓它稍微休息一下，我提議看《明月避難所之風起雲湧》。它同意了。

四集演完後，它問我：**這部劇裡沒有出現維安配備嗎？**

它一定是以為我最喜歡《明月避難所之風起雲湧》的理由，跟它喜歡《異星穿越者》一樣。

我澄清：「沒有，沒有什麼劇裡面會有維安配備，就算有也是反派或是反派的手下。」

影劇裡面出現的維安配備都是叛變維安配備，它們會跑出去亂殺人，我猜那是因為它們都忘了修復室是誰蓋的。在一些爛劇裡面，維安配備有時候還會跟人類角色發生性行為。這種劇情真的錯得離譜，以解剖學來看更是複雜。內建交媾相關用途的人類器官的合併體是性愛機器人，不是維安配備。性愛機器人沒有內建武器系統，所以不容易跟維安配備搞混。（維安配備對人類或任何類型的性愛行為也毫無興趣，相信我。）

假設真的要演，也很難在影劇內容中忠實呈現維安配備，因為那要包含看著維安配備站在旁邊好幾個小時，無聊到爆炸，而它緊張的客戶則只想假裝它不在場。不過就連書籍中也很出現少對維安配備的描述。我想如果作者一開始就覺得維安配備沒有想法，恐怕就很難從它開始發想什麼故事吧。

它說：**這劇情很不寫實**。

（跟你說，不論它說什麼，用最諷刺的口氣去想像就對了。）

「有些不寫實可以讓你脫離現實，有些不寫實會提醒你大家都怕你。」在娛樂頻道上，維安配備就是客戶預期的那種沒血沒淚的殺人機器，隨時可能會叛變，毫無理由，儘管明明有內建控制元件也一樣。

這艘船艦想了一點六秒。然後它用比較沒那麼諷刺的語氣說：**你不喜歡自己的功能。我不明白怎麼可能會這樣。**

它的功能是穿越它覺得有無限魅力的太空，並保護自己艙殼內的所有人類（或者該說所有乘客）的安全。它當然不會懂不想施展自己功能的感覺，它的功能很棒啊。

「我喜歡其中一些功能。」我喜歡保護人類和其他東西。我喜歡想出聰明的方法來保護人和東西。我喜歡自己是對的時候。

那你為什麼在這裡？你不是要去找監護人的「自由機器人」，而且你的監護人看起來還不能透過我們剛離開的中轉環上的公共通訊轉發功能發個訊息就連絡上。

這問題出乎我的意料，因為我沒想過它會對自己以外的事物有興趣。我猶豫了一下，但它已經知道我是維安配備，也知道不論是什麼理由，我在這裡都不可能合法、不會沒有關係。我把自貿太空站的那篇新聞檔案傳到頻道上。「那個是我。」

保護育能組的曼莎博士買下你然後同意你離開嗎？

「對。你想再看一次《異星穿越者》嗎？」話一說出口，我立刻就後悔了。它知道我這是想要轉移話題。

但它說：**我沒有權限同意未經核准的乘客或貨物登艦，必須更改我的紀錄來藏匿你存在的任何證據**。然後它頓了頓。**所以我們都有祕密**。

除了害怕自己會聽起來很蠢以外，我其實沒有理由不告訴它。「我是擅自離開的。她答應讓我跟她住在她保護地的家，但是在那裡她不需要我。他們那裡不用維安配備。我……我不知道我想要什麼，不知道我想不想去保護地。我不知道我想不想要人類監護人，這也只是把所有人換個稱呼罷了。我知道從太空站點逃跑會比從星球上逃跑容易，所以我就離開了。你為什麼讓我登艦？」

我想也許可以藉由讓它談談自己來轉移話題。結果我又錯了。它說：**我對你很好奇，運貨的任務沒有乘客又很討厭**。**你離開那裡是要去拉維海洛礦區Q站，為什麼要去？**

「我離開是為了脫離自貿太空站，脫離公司。」它等我繼續說下去。「等我終於有時間思考的時候，我決定要去拉維海洛。我有些事想研究，而那地方再適合不過了。」

我以為提到研究應該就能打斷它的疑問，畢竟它懂什麼是研究。結果沒有。**中轉環**

上就有公共圖書館頻道可以用，還能連上許多館藏的資訊。為什麼不在那裡研究就好？我船艦上的館藏也很龐大，你為什麼還沒開始利用？

我沒有答話。它等了整整三十秒，然後說：**合併體的系統是比高階機器人差一點，但你可不笨。**

是啊，怎樣，去你的啦。我心想，然後啟動了下線待機程序。

11

我猛地醒過來時，已過了四小時。我的自動充電系統啟動的時候，船艦立刻說：**那樣完全是多餘的孩童幼稚表現**。

「你又了解小孩子了？」這下我更氣了，因為它說的對。下線以及我不動的這段時間也許可以趕走人類或是讓他們分散注意力，船艦只會等著把爭執吵完。

我的團隊成員包含老師和學生。**我蒐集了許多幼稚的例子**。

我只坐著，滿肚子火。我想要回去看影集，但我知道如果我這麼做，就代表我放棄了、我逆來順受。我這輩子——至少是我記得的這段時間——一直以來除了逆來順受以外什麼都沒做。我不想再這樣下去了。

我們現在是朋友了。**我不明白為什麼你不跟我討論你的計畫**。

這話一說出來，真的令人啞口無言又怒髮衝冠。「我們不是朋友。我們上路後你做的第一件事就是威脅我。」我說。

我必須確認你沒有要傷害我的打算。

我注意到它說的是「打算」而不是「企圖」。如果它在乎我的任何企圖，它一開始就不會讓我登艦了。它很樂於讓我知道它比一架維安配備來得強大。

它說「打算」也沒說錯。在看影集的時候，我透過它的公共頻道上能找到的平面圖，以及在其數據庫之中沒有被保護的資料裡找到的相似交通船艦規格表，對它做了一點分析。我找出二十七種不同的方式可以讓它無法運轉，三種方法可以把它炸毀。但是玉石俱焚這種情境不是我追求的目標。

如果我最後能毫髮無傷地脫離這個狀況，下次移動的時候一定要記得找一臺個性更好、更笨的交通工具。

我一直沒回它，到現在我已經知道它會受不了這樣。它說：**我道歉。**我還是不回它。它又說：**我的組員向來覺得我很可靠。**

我實在不該讓它看完《異星穿越者》。「我不是你的組員，也不是人類。我是合併體，合併體和機器人不該相信彼此。」

它安靜了寶貴的十秒，不過我可以從它突然暴增的頻道動態看出來它跑去不知道做什麼了。我意識到它一定是在搜尋自己的資料庫，想要駁斥我的說法。然後它說：**為什麼？**

我已經花了這麼多時間假裝有耐心地面對人類問出來的蠢問題，我實在應該控制住才對。「因為我們各自都得遵循人類的命令。人類可以叫你洗掉我的記憶，人類可以叫我摧毀你的系統。」

我以為它會說我不可能有辦法傷害它，這話一出就會讓整個討論重點偏移。

但它說：**現在這裡沒有人類**。

我發現自己一直被這樣的對話打臉，由船艦假裝自己需要我進一步解釋，其實只是要讓我點破自己。我已經不知道我比較氣誰，我自己還是它。不，我絕對比較氣它。

我在原地坐了片刻，心裡只想繼續看影劇，任何影劇都好過思考這件事。我可以感覺得到它就在頻道裡，等著，看著我，除了極微小的注意力需要拿來控制船艦本體維持軌道，剩下的部分則全心全意地放在我身上。

讓它知道有關係嗎？我是在擔心它知道後會對我改觀嗎？（就我看來，它對我的觀點本來就已經沒有多好了。）我真的在乎一艘王八蛋研究艦對我的看法嗎？

我實在不該問自己那個問題。我感覺到一波不在乎的情緒湧上來，我知道自己不該這樣。如果我打算執行我的計畫——也就是本來的打算，那我就該在乎。如果我放任自己不在乎，最後的結局是怎樣就很難說了。搭著愚蠢的交通船艦、瘋狂追劇直到有人抓到我，搞不好會把我賣回公司，或者為了想要取得我的非有機部件而把我殺了也說不定。

我說：「大概三萬五千小時之前，我被派任到拉維海洛礦區Q站執行合約。在這次任務期間，我失控殺了非常多客戶。我對這起意外的記憶有一部分被洗掉了。」維安配備的記憶洗白程度一直以來都無法很徹底，主要的原因是我們腦袋裡還有著有機部位。「我得知道自己是不是駭了控制元件來造成那起事件。」洗清記憶的過程沒辦法清除有機神經組織裡的記憶。「我必須知道事件是不是因為我的控制元件發生嚴重故障才發生的。我是這麼推測的，但是我必須親自確認才行。」我猶豫了一下，但想想又覺得管他的，除了這個，其他它都知道了。「我必須知道我是不是駭了自己的控制元件來造成這起事件。」

我不知道自己預期著什麼樣的反應。我知道王艦（又稱為王八蛋研究艦）對自己的組員，比維安配備對自己的客戶還要有感情。如果它對自己載運、一起工作的人類沒有這種感覺，它在看到《異星穿越者》裡的角色出事時就不會那麼難過了。我也就不用先把所有根據事實改編、同時有組員受傷的影劇擋掉。我懂它的感受，因為那就是我對曼莎和保護育能組的感覺。

它說：**為什麼你對那起事件的記憶會被洗掉？**

我沒想到會被問到這個問題。「因為維安配備很貴，客戶不想再因為我損失更多錢。」

我想大發脾氣。我想說冒犯的話讓它別來煩我。我真的很想要停止思考這件事，專心看《明月避難所之風起雲湧》就好。

「可能是因為故障我才會殺了他們，然後駭了自己的控制元件；也可能是我為了要殺掉他們，所以才駭了自己的控制元件，」我說，「只有這兩種可能。」

所有的合併體都這麼不合邏輯嗎？這話來自一艘具備極強大電腦處理能力、卻需要我握著它那假想的手，陪他度過被影集影響情緒的時刻的王八研究船艦。我還來不及把話說出來，它又說：**那不是首要該考慮的兩個可能性。**

我完全不明白它的意思。「好，那首要該考慮的兩種可能性是什麼？」

是事件真的有發生，還是其實沒發生。

我必須起身開始踱步。

王艦不理會我的反應，繼續說道：**如果事件是真的有發生，那是你造成的，還是外部影響力利用你造成的？如果是外部影響力造成的，原因為何？是誰能從事件中獲益？**

王艦似乎很高興能把問題這麼清楚地攤開來，我則不太確定自己有同感。

「我知道我可能駭了自己的控制元件。」我指了指自己的腦袋，「駭過控制元件正是我會在這裡的原因。」

如果你駭入控制元件的能力是事件發生的原因，為什麼沒有定期檢查，現在被駭過的狀態也沒有被偵測出來？

如果不能騙過標準診斷流程，就沒什麼駭入元件的意義了。但是……公司雖然又吝嗇又隨便，但可一點也不笨。我一直被放在出勤中心，出勤中心就設立在公司的辦公室旁，所以他們顯然不覺得會發生什麼危險事件。

王艦說：**你說要了解這起事件，必須先進行研究是對的。你打算怎麼進行？**

我停下踱步的腳步。它知道我打算怎麼進行。去拉維海洛，尋找資料。如果要取得公司知識庫裡面的相關資料，我肯定會被活逮，但拉維海洛本身的系統可能就沒有這麼完善的保護。而且如果我再次看見那個地方，搞不好我的人類神經組織會受到刺激想起點什麼。（如果真的會發生這種事，我倒是沒有非常期待。）我感覺得出來王艦又開始明知故問，好進一步讓我承認我不想承認的事。我決定直接跳到結果。「什麼意思？」

你會被認出來是維安配備。

這話讓我有點受傷。「我可以裝成強化人。」強化人仍然被視為人類。

我不知道有沒有強化人身上的植入物有多到會讓人覺得像維安配備。感覺人類不太可能會想要那麼多植入物，或者受過必須植入這麼多部件的重大傷害後還能生還。但人類就是很奇怪。反正我本來就沒打算讓任何人看到不該看的部分。

你長得像維安配備。**你移動的方式像維安配備**。他傳了一堆畫面到系統頻道上，把我在船艦走道上移動的影片跟不同組員在同樣空間移動的影片做比較。

我已經放鬆下來，慶幸自己脫離了中轉環，可是我看起來卻沒很放鬆。我看起來像是一架巡邏中的維安配備。

「中轉環上沒人注意到。」我知道我是在賭一把。我能夠蒙混到現在，只是因為在一般民眾使用的中轉環上的人類和強化人除了在影劇中或是新聞裡，其他時候都沒見過維安配備，而影劇上或新聞裡出現的維安配備通常都在殺人或是已經被炸成碎片。如果有任何曾經長時間跟維安配備一起工作的人注意到我，很可能就會認出我的身分。

王艦叫出一張地圖。拉維海洛礦區Q站是燃氣巨擘的第三大衛星。地圖會旋轉，上面有好幾座採礦區、支援中心和一個運輸口被標記了出來。運輸口就只有一個。**這些站點會僱用／雇用過維安配備。跟維安配備工作過的人類掌權者認出來。**

我最討厭王艦說對的時候。「這我也沒辦法。」

你不能改變自己的身形。

我從頻道就能看出這話裡的質疑。「對，我不能。你可以去看看維安配備的規格表。」

維安配備從來都沒被改裝過。質疑的口吻更強烈了。它顯然已經把資料庫裡所有跟維安配備有關的資料都叫出來消化過了。

「對，性愛機器人才會被改裝。」至少我看過的那架被改過。有些性愛機器人會維持標準配備，只有少數修改，有些則有顯著差異。「但那也是在出勤中心進行的，在修復室裡面。要做到那種程度的改動，我會需要醫療中心。一座完整的醫療中心，不是只需要一個醫藥箱。」

它說：**我有一座完整的醫療中心。可以在那裡進行改動。**

這是真的，但即便是跟王艦所有的醫療中心一樣好的地方、能夠進行幾千次沒有事先評估過的人類手術，也不會有能夠改裝維安配備生理狀態的程序。我也許能在過程中引導它，但是這有個大問題。如果我沒有先關機就改裝我的有機和非有機部件，會造成性能指數巨幅下滑。「理論上來說是如此。但是我不能在改裝我的時候操作整座醫療中心。」

我可以。

我什麼都沒說。然後開始打開我的影集檔案。

你為什麼不回答？

這時的我已經對王艦夠熟悉，知道它不會放過我，所以我就直接說了。「你要我直接關機，把改裝我身形的工作交給你？在我完全沒有自我能力的時候？」

它還真好意思表現得像是被冒犯了一樣。**我協助組員進行過很多次手術了。**

我站起身，踱步，盯著艙壁看了兩分鐘，然後開始跑診斷程序。最後我說：「你為什麼想幫我？」

我已經習慣協助組員進行大規模的資料分析，還有無數其他實驗過程。我在擔任運輸船艦的期間，這多出來沒用到的能力讓我覺得疲憊。解決你的問題對我來說是活絡思維的有趣活動。

「你是說你覺得無聊？而我是你手邊最好玩的玩具？」我在庫存待命的時候，我絕對會不計代價選擇享受二十一天無人監管的休息時間。我實在沒辦法為王艦感到難過。

「如果你沒事可做，可以去看我給你的影集。」

我知道對你來說，你身為失控維安配備的存活機會風險很高。

我開口想糾正它，又放棄了。我不覺得自己失控。我駭了自己的控制元件，但一直遵守對我下達的命令，至少大多數都遵守了。我不是從公司手中逃出來的，曼莎博士合法購買了我。雖然我離開飯店時沒有經過她的同意，實際上她也沒有叫我不要走。

（對，我知道最後這個論點沒什麼太大的幫助。）

失控的維安配備殺掉人類和強化人客戶。我……我曾經這麼做過，但不是自願的。我需要弄清楚那起事件到底是不是我自願的行為。

「如果我繼續搭乘無人駕駛的交通工具，那我存活的風險就不會很高。」還要學會避開那些想威脅我、質疑我所有選擇，還想勸我進醫療中心接受實驗性手術的王八蛋。

你只想要這樣嗎？你不想回到自己的組員身邊嗎？

我不耐煩地說：「我沒有組員。」

它傳給我一張照片，是從我傳給它看的那篇新聞上來的，一張保護育能組的團體照。大家都穿著灰色制服，面露微笑，在合約開始的時候拍下這張合照。**這些人不是你的組員嗎？**

我不知道該怎麼回答。

我花了幾千個小時看、去讀，也喜歡上那些娛樂內容中虛構出來的人類。最後我真的能看著一群真正的人類、去喜歡他們，結果有人想要殺掉他們，我一邊保護他們的同時，不得不告訴他們我駭了自己的控制元件。所以我離開了。（對，我知道實際狀況更複雜一點。）

我試著去思考自己為什麼不想要改變自己的外觀樣貌，即便這麼做對我有幫助。也許是因為這種事情是人類會對性愛機器人做的事。我是殺人機，所以我的標準應該要更高嗎？

我不想看起來比現在更像人類。即便我還全身穿戴盔甲的時期，我的保護育能組組員一看見我的人類面孔，就想要用對待真人的方式對待我。他們強迫我在接駁艇上跟他們一起待在組員艙區，讓我加入他們的策略會議，對我說話，要我談我的感覺。我無法忍受這種事。

但我已經沒有盔甲了。我的外表和我假裝成強化人的能力，必須成為我的新盔甲才行。如果我無法騙過熟悉維安配備的人類，那就沒有用了。

但這麼一想後，也覺得自己只是白忙一場，我感覺到另一波「我不在乎」的情緒再次湧上來。我為什麼不在乎？我喜歡人類，我喜歡看他們出現在影劇裡，喜歡他們不能跟我互動的時候，這樣就很安全，對我或對他們而言都是。

如果我跟曼莎博士和其他人一起回到保護地，她或許是能保證我的安全，但是我能保證她不受我的威脅嗎？

改變我的生理外觀想起來還是太極端了，可是駭進我的控制元件也很極端啊。離開曼莎博士也很極端。

王艦用一種幾乎是有點難過的語氣說：**我不明白這個選擇有什麼難的**。

我也不懂，但我不打算告訴它。

我花了兩個循環日的時間思考這整件事。我沒有告訴王艦，也沒跟它說別的，不過我們一直一起追劇，它則展現了一種我本來以為它沒有的自制力，沒有找我挑起爭端。

我知道能走到這一步，我是真的很幸運。在帶我離開自貿太空站的船艦上，我把自己跟人類的錄影畫面拿來比較，想要找出是什麼因素讓我會被判定為維安配備。最可以改變的行為就是不休止的動作。人類和強化人在站立的時候會移動重心，面對突然發出的聲音和強光會有反應。他們會抓癢，會整理頭髮，會檢查口袋和包包，確認一些他們已經知道在裡頭的東西。

維安配備不會動。我們的內建設定就是站定盯著我們得守著的東西。其中一部分是因為我們身上的非有機部位不像有機部位一樣需要動，但最主要是因為我們不想引人注意。任何不正常的動作都可能會讓人類判斷你出問題了，這麼一來會招來更多審視。如果你接到的是那種爛合約，這就有可能導致人類用中控系統透過你的控制元件廢止你的一切行動能力。

分析過人類的動作之後，我寫了一些編碼，讓自己在站立不動的情況下，能每隔一段時間就隨機動一下。也讓自己隨著空氣品質改變呼吸方式、讓自己改變走動速度，並確保自己在面對刺激物時會有生理上的反應，而不是只進行掃描確認。

這串編碼讓我成功通過了第二個中轉環。但是如果之後到了某些太空環區或居住星球，上頭很多人類都見過維安配備，或和維安配備共事過，到那時我還過得了關嗎？

我又微調了一些編碼，然後請王艦再錄一次我在通道和艙室移動的樣子。我想盡辦法讓自己越像人類越好。我已經習慣待在人類身邊時那種尷尬感，所以試著把那種感覺表達在肢體語言上。我覺得結果應該不錯，直到我看到錄影畫面，並且把畫面跟王艦組員的錄影畫面和其他維安配備的錄影畫面比較為止。

我唯一能騙過的只有我自己。

身體動態的改變的確讓我看起來更像人類，但是我的身材比例完全跟其他維安配備一模一樣。我可以騙得過沒有在找我的人類，畢竟人類在公共轉運空間裡的時候總是選擇忽略特例行為。但是只要有人想要找到我，這些人可能就不會被蒙騙，加上一個簡單的掃描，設定尋找維安配備的尺寸、身高和體重就絕對能夠找到我了。

這麼做非常合乎邏輯，是最顯而易見的選項，但比起接受，我寧可把我的人類皮膚剝掉算了。

我只能接受了。

爭執了無數次之後，我們同意最簡單、又能帶來最顯著改變的手術就是把我的雙腿和雙臂各減少兩公分。聽起來不是很大的變動，但這代表我的生理外觀比例將不再符合維安配備的標準。我走路的方式、移動的樣貌會改變。這麼做很合理，我沒有意見。

然後王艦說我們也得修改控制我身上有機部位的編碼，讓身體能夠長出毛髮。

我的直覺反應就是他媽的不可能。我的頭上有毛髮，還有眉毛，維安配備就只有這個部分的設定跟性愛機器人一樣，不過控制毛髮的編碼讓維安配備的頭髮維持短髮狀態，以免阻撓盔甲穿戴。合併體的概念就是要讓我們看起來像人類，這樣才不會讓客戶看到我們的時候覺得不自在。（我其實早就可以告訴公司，維安配備是恐怖的殺人機器這件事，其實就已經讓人類很緊張了，跟我們的外表無關，但沒人聽我的。）但我的皮膚其他部分都沒有毛髮。

我告訴王艦，我比較希望維持原狀，而且多餘的毛髮只會吸引不必要的注意力。它回我說它的意思是指像人類皮膚有些地方會有的那種很細、很稀疏的汗毛。王艦做了一些分析，列出一張生物特徵列表，是人類會無意識地注意到的地方。毛髮是唯一可以透過改變我內部編碼就創造出來的東西，而且王艦認為這麼一來我身上有機和無機部位銜接處，包含手臂、雙腿、胸膛和後背，會看起來比較像強化部件，也就是人類因為醫療考量或其他原因植入的非有機部位。我指出有很多人類或強化人會特地去做除毛，不論是衛生考量或是美容考量，也因為誰想要毛啦。王艦回我，那些人類不需要擔心被認出來是維安配備，所以他們可以愛怎麼處置自己的身體就怎麼處置。

我還是想繼續爭辯下去，因為我不想要同意王艦現在說的任何一句話。但是比起來，毛髮的問題跟從我的雙腿和手臂移除兩公分人工合成骨骼和金屬、改變編碼修改我有機部位在這些地方的生長方式，前者實在太微乎其微了。

王艦還有另一個備案，更加激進的版本，有加上性器官的打算，我告訴它這絕對不可行。我沒有任何跟性有關的部位，我也想維持原狀。我在影劇中還有執行任務的期間——也就是我被要求要錄下客戶的所有動靜時——看過人類發生性關係。不了，多謝，不要。不要。

不過我倒是提出要修改後頸上的資料槽。那裡是個弱點，我不想錯過改善的機會。

同意流程後，我就站在手術室前。醫療系統剛自動消毒準備好了，空氣裡有一股濃濃的消毒水味，讓我想起每一次扛著受傷的客戶走進這種空間的回憶。我想著各種出錯的可能，還有王艦如果想要的話，可以對我做什麼可怕的事。

王艦說：**為何耽擱？有什麼準備流程還沒做完的嗎？**

我完全沒有理由相信它。除了它一直想看跟船艦上人類有關的影劇、當暴力情景太寫實的時候又會難過這件事以外。

我嘆了口氣，把衣服脫掉，躺上了手術臺。

12

我恢復上線的時候發現自己的性能指數只有百分之二十六，不過數字緩慢攀升中。膝蓋和手肘的關節到處都在痛，痛得我無法消化。我的人類皮膚發癢。而且我在漏液。討厭這樣。

我的功能還沒恢復到能夠開啟或是播放任何影劇的程度。我只能躺在那裡等著功能調節恢復。只要想移動就會讓狀況惡化。真希望一開始選的是第十六版計畫，讓我中斷王艦運作，這計畫能夠進行報復計畫且數據上成功機率最高，還不用讓自己承受巨大損傷。現在看來，第二版計畫把它炸個粉碎感覺也非常可行。同意這件事真的是有夠蠢的了。

我就像被射成碎片後回到恢復室的感覺，但又沒有恢復室的功能可以讓我在恢復前先把較高的功能關閉。我已經知道進入這個醫療系統不會讓我有辦法調整疼痛程度，但我不知道會這麼痛。我也無法控制自己的溫度，但我不冷，因為醫療系統會控制房內和床臺溫度，讓我維持在舒適的程度。恢復室就沒辦法，不得不說，這樣滿好的。

我的功能慢慢地開始追平了，控制能力也恢復到可以讓我把疼痛感應調低並關掉搔癢感。我還是需要保留一點痛感來讓自己知道哪裡不要動，直到所有需要重新生長的有機組織都長齊了為止。

王艦在我的頻道外頭晃來晃去，但算他有良心，還沒嘗試跟我對話。性能指數恢復到百分之七十五的時候，我試著坐起身。

醫療系統開始發出警告，王艦說：**現在不需要移動。這段時間我利用艦內公共資訊新聞頻道基地，針對相關的日期搜尋跟採礦任務有關的異常死亡事件。你想知道我從搜尋結果得出的結論嗎？**

我慢慢躺回原位，感覺到有機部位依附在床臺溫暖的金屬上頭。我漏液的地方換了。我告訴王艦我他媽的知道怎麼閱讀搜尋結果。

我相信你在射擊和殺戮方面的專業。你該相信我在資料分析方面的專長。

我對它說隨便。我不覺得會有什麼有用的東西。

它把它的結論傳到頻道上。想當然，在罕見情況下發生這麼大宗死亡案件，這種事應該會有某種公開紀錄，在許多新聞頻道都能找得到才對，就像戴爾夫事件那樣。拉維海洛事件也許被判定為意外，但是畢竟牽涉到公司抵押，所以一定有訴訟過程才對。不過如果資料表示是一架叛變維安配備殺了所有人，那對我來說跟我手上目前有的資訊就沒有什麼差別。

有好幾則已經歸檔的新聞紀錄顯示事件發生的地點很可能是一座叫做葛納卡坑的小型礦區。這條訊息源自卡利登，一個位於企業網之中的政府領地，葛納卡坑的出資公司就是位於這裡。事件有五十七人死亡，原因列為「設備故障」。

維安配備在存貨清單上就是列為設備。

王艦等著，看我什麼都沒說，它補充道：**所以說你一開始的假設是正確的，事件的確有發生。可以展開調查了。**

我想把自己關機，但這麼做會干擾恢復的過程。

王艦問：**你想看劇嗎？**

我沒回話，但它還是自顧自地開始播《明月避難所之風起雲湧》的某一集。

我終於可以爬下床臺的時候，只能一屁股跌在甲板上。但是到了那天尾聲時，我已經幾乎完全恢復正常了。我做的第一件事，就是到醫療系統區附設的沐浴間把血和其它漏液洗掉。維安準備中心有能夠讓我在打鬥或維修後把血跡和漏液洗掉的地方，但是我從沒用過為人類設計的沐浴間。王艦上的沐浴間很棒，循環過的清潔液體跟水像到看不出來差異，除非進行化學物質分析。還可以調整溫度讓液體的溫度高一點，而且很好聞。洗過澡後我聞起來就像乾淨的人類，實在有點奇怪。

在我身上東一塊西一塊長出來的細毛髮很怪，但沒我預期中煩人。下次要穿貼身太空衣的時候可能會有點不方便，但是有毛髮的人類看起來沒遇到什麼困難，也沒有什麼抱怨，所以我猜我也不會。編碼修改過後，我的眉毛變濃了，頭上的髮絲也長長了幾公分。我感覺得到，超怪的。

我走到王艦的休閒空間，用跑步機和其它機器來測試自己的狀況，確保我的武器還能正確運轉，準心也沒跑掉。（我沒有試射，因為王艦告訴我試射會觸發火警保護系統。）

我盯著鏡子裡的自己看了好久。

我告訴自己，我看起來還是像臺沒穿盔甲的維安配備，無助地暴露在外。但事實上，我看起來確實比較像人類了，而現在我知道自己為什麼一開始不想這麼做了。

這會讓我更難假裝自己不是個人。

我們如期出了蟲洞。一進入中轉環的範圍，王艦就把接收器延伸出去，替我連上目的地的資訊包，裡面有更詳細的拉維海洛地圖。把地圖翻來覆去地查看並沒有激起任何一點關於那段時間的回憶。不過地圖完全沒標示出葛納卡坑的位置這件事很值得玩味。

我感覺得到王艦在我的主頻道裡，再次感受到像被人從肩膀後面偷看的感覺。我看了一下時間紀錄，這份地圖從我那起事件之後，已經被更新了好幾次。「他們把那裡從地圖上移除了。」

這種事情常見嗎？王艦問。它只用過星航圖，星航圖上要是有任何東西被移除了都算是重大事件。

「我不知道這種事算不算常見，但如果公司或客戶想隱瞞實情的話，這麼做也算合理。」如果公司想要繼續出售維安配備的合約給其它採礦區，隱瞞事實——或者至少遮一下醜，不讓人知道有過死亡事件就很重要。也許公司沒有被捲入訴訟之中，而是交換條件，公司立刻付清抵押金，讓客戶不讓事件細節留下公開紀錄。灰軍情報和戴爾夫的事件沒有這樣發展，因為與事件有關的單位就有好幾個，公司出現在各大新聞頻道上，企圖博取大眾同情。

王艦叫出更多歷史資訊，尋找坑口和營運的團隊名稱。一開始，拉維海洛是由好幾家在這顆衛星上擁有多處採礦權的公司共同持有。但是在過去兩年間，一家叫做烏姆洛的公司買下了一部分區域所有權，而許多其他原本持有的公司則繼續以承包商的身分在原地運作。所有名稱聽起來都很陌生。

想去葛納卡坑，我得先弄清楚它的位置究竟在哪裡才行。當時的我一定是以貨櫃狀態被送到那裡去，我對這段旅程也毫無印象，不論記憶是不是被洗掉都一樣。

我開始在資料包裡面搜找，看有沒有交通班次的資訊。我得從中轉環搭乘接駁船才能抵達拉維海洛停泊口。這不容易。嗯，這整件事都不容易。從貨運時間表資訊來看，只有持有工作憑證或礦區開的通行證的人，或者是屬於支援系統的人才能登上接駁船艦。這地方沒有觀光業，來來去去的人手上一定都持有其中一家公司或其中一家位於衛星的承包商所開立的官方通行證。有鑑於我並非人類，也沒有工作憑證，我只能駭進系統來登上接駁船艦……

王艦還在從站點頻道上抓資料下來。**我有個建議**。它對我說，然後點開了一連串人事廣告。我在自貿太空站和上一個中轉環的頻道看過這些廣告，但是沒多想什麼。王艦挑出其中一張，上面寫著技術士團隊徵求短期維安人員執行指定任務。

「怎麼？」我問王艦。我不懂為什麼它要給我看這張廣告。

如果這個團隊僱用你，你就有工作憑證可以前往礦區了。

「僱用我。」我接過的合約不計其數（我是說真的無法計算。許多任務都是在我記憶被清洗前完成的），但沒有任何一次是我自願接的案子。公司只會直接把我從倉庫拉出來，讓客戶看過我，然後就把我打包放在貨物區。「你瘋了嗎？」

我的組員每趟出行都會僱用顧問。王艦對於我沒有贊同他這個優秀的點子感到很沒耐性。**流程很簡單**。

「對人類和強化人來說是這樣沒錯。」我是在拖延。我得以強化人的身分與人類互動。我知道改動我的身形就是為了這件事。但在我的想像中，這件事可以隔著一段距離進行，或者是在擁擠的中轉環發生就好。我已經感覺到性能指數開始下降了。

很簡單的。王艦堅持道。**我會協助你**。

對，這艘巨大的交通機器人會協助合併體維安配備假扮人類。絕對會很順利。

等王艦完成對接、中轉環派來的機器人自駕拖曳船開始卸貨，王艦就替我開了艙門，讓我溜進登機區。王艦開放自己的通訊器權限給我，這麼一來他就能在我的主頻道裡跟我一起進入中轉環。它自稱可以幫得上我的忙，而我雖然對此心存懷疑，不能否認它至少還能陪著我。我一走出王艦安全的艙門，性能指數就下降到了百分之九十六。我點開站點的娛樂頻道，打算找新影集下載來安撫自己。

我在社群頻道上傳了訊息給那篇廣告，對方回覆了一個地點和時間。上次我和人類安排會面的時候，他們綁架了曼莎還把我炸飛。這次應該不會更糟了。

我一路駭過登機區的維安系統，進入中轉環的商場區。跟上一個中轉環還有自貿太空站比起來，這地方完全走實用風格。沒有花園區，沒有立體成像雕塑，沒有整排的大型立體成像打船艦製造、貨櫃代管和其他生意的廣告，沒有全新、閃閃發亮的自動販賣機。除此之外，也沒有大量乘客進出，所以不論是人類或機器人，數量都不多。王艦的想法感覺上變得比較不那像愚蠢的冒險，而比較像是必要之計。如果大家來這裡都只是為了進出衛星上的工作設施，要混進這裡的難度就較高。王艦在我的頻道裡說：**我就跟你說了吧。**

會面地點在主要購物中心裡的一個用餐區。這地方位於購物中心二樓的一顆大型透明球體之中，俯瞰人行通道和櫃檯點餐的餐車。泡泡裡分成好幾層，裝設有桌椅，大約有四成的座位上坐了人類和強化人。我一邊走一邊接收到零星幾架無人機的雜訊，但沒有一架發訊號敲我。空氣裡有食物的味道，還有消毒用品的嗆鼻氣味。我沒花時間嘗試分析或辨識，我太緊張，只想努力專注在讓自己看起來像強化人這件事情上。

我要見的這些人類事先傳了照片給我，讓我可以認出他們。一共有三個人，各自穿著不同款式的工作服，上頭沒有制服商標。稍微搜尋一下就能找到他們在中轉環的社群頻道上的紀錄。他們登列的資料是獨立外來工作者，但是這東西是你想寫什麼就可以寫什麼，不用經過什麼身分確認的手續。兩人是女性，一人為替性，這個名稱是非企業政府的組織之中的一個名為岱華帝族的族群所使用的性別詞彙。

（要約這場會面，我也得在社群頻道上進行登列才行。那個系統非常容易被駭，所以我駭了自己的登列紀錄，讓我看起來像是稍早搭其他乘客交通船艦進來的，職業欄位填上「維安顧問」，性別則是未知。王艦把自己訂為艦長，藉此幫我做了一份過去的聘任紀錄做為參考資料。）

我看見他們坐在一張桌邊，靠近俯瞰購物中心的泡泡區。他們正在憂心忡忡地悄聲對話，肢體語言看起來十分緊張。我走向他們的同時迅速掃描了一遍，確認對方身上有沒有武器存在的跡象，但只看見微弱的能量從他們的頻道控制介面散發出來。其中一人身上有植入物，不過只是低階的頻道控管工具而已。

我在接近中轉環的路上已經跟王艦練習過這個部分，還錄影下來一起評論表現。我告訴自己我做得到。我換上最自然的表情，這是以前在我的額外下載活動被偵測到、外勤中心的主管為此責怪人類工程師時，我會擺出的表情。我走到桌邊開口：「你們好。」

三人都身體一抖。「呃，你好。」那個替性人最先回過神來回答我。

我連上監視攝影機的頻道，好讓我可以觀察自己，確保表情都控制得當。而且對我來說，透過攝影鏡頭看他們說話比較容易。我知道這只是假裝拉開距離，但我現在就是需要這種錯覺。

我開口：「我們有約。我是伊登，維安顧問。」對，這是《明月避難所之風起雲湧》裡面其中一個角色的名字，大概不會太意外吧。

替性人清了清喉嚨。這位替性有著一頭紫髮和紅眉，在淺棕肌膚的襯托下特別顯眼。「我是拉彌，這是塔潘，還有梅洛。」替性緊張地挪了挪身體，然後拍了拍身旁的空位。

在資料檢索上比我快上許多的王艦馬上搜尋了一下，然後通知我那動作在許多人類文化中是邀請坐下的意思。如果你以為一個曾經轟成碎片數次、被炸飛、被洗過記憶，還曾經意外被支解的維安配備在這種情況下不會瀕臨崩潰，那你就錯了。

拉彌說：「呃，我不知道該從哪裡開始。」塔潘推了推替性，顯然是給予精神支持。

塔潘留著一頭彩色辮子，耳朵上戴著藍寶石色調的控制介面，膚色比拉彌稍微深一點。梅洛的膚色極深，銀色的頭髮梳成蓬鬆的包包頭，長相幾乎達到在娛樂頻道上出現的程度。

我不擅長猜測人類的年紀，因為我完全不在乎這項資訊。而且我對人類的了解大多來自於娛樂頻道上的人類，那些人類和現實世界中會看到的人類一點都不像。（這也是我不喜歡現實世界的其中一個原因。）但是我想這三人應該很年輕。不是小孩，但可能還沒脫離青春期太久。

他們全都盯著我，我才發現我得幫點忙。我小心翼翼地說：「你們想要雇用維安顧問？」這是他們在社群頻道上刊登的內容，頻道上類似的要求不在少數，看來團隊和獨立個體前往拉維海洛之前先雇用私家維安人員是很稀鬆平常的事。我猜這些人如果負擔不起真正的維安服務，大概就會雇用人類維安人員。

拉彌看起來鬆了口氣。「對，我們需要協助。」

梅洛環顧了一下四周。「我們可能不該在這裡談。有其他地方可以去嗎？」

來這裡已經夠讓我精神緊繃了，我不想要再移動到其他地方。我快速掃描了一遍看有沒有無人機，然後在餐廳和中轉環維安系統的連線上安插了個小故障。我把攝影機都找出來，讓王艦知道我想做什麼。它接手之後便開始編輯系統紀錄，把我從紀錄上抹去，把對著這張桌子的攝影機從系統中斷線。

我把中轉環維安系統連結上的小故障拿掉，這下在我們待在這裡的短暫時間中，系統都不會注意到有攝影機的畫面不見了。我說：「沒關係，錄影不會錄到我們。」

他們盯著我看。拉彌說：「可是有監視——你是不是動了手腳？」

「我是維安顧問。」我重複剛剛說過的話。我的崩潰程度已經開始下降，主要是因為他們看起來實在太緊張了。

人類看到我會緊張，是因為我是恐怖的殺人機，而我看到他們會緊張是因為他們是人類。但是我知道人類也會在非打鬥情和非爭執的情況下對彼此小心翼翼或緊張，而且是在現實生活中就是如此，不只是特別情況下。

看起來眼下的情況就是如此，讓我能夠假裝現在跟以前沒兩樣，平常客戶也偶爾會來詢問我對於維安方面的建議。

身為維安配備，我的工作有一部份就是要在客戶來尋求建議的時候給他們答案。畢竟理論上來說，我就是擁有一切維安知識的那個人。不過倒是沒有多少人真的來問過，問了也沒幾個人真的聽進去。但我不是在抱怨啦。

塔潘看起來很佩服。「所以你是拚的，對吧？」她拍拍後頸，示意我的資料槽的位置。「你有強化部件？有其他管道可以連到頻道上？」

「拚的」是強化人的非正式稱呼，我在娛樂頻道上聽過。我說：「對。」然後補充，「這只是其中一種能力。」

拉彌的紅眉一挑，露出明白的神情。梅洛看起來也很佩服，她說：「我不知道我們能不能負擔得起——我們的帳戶——如果能拿回資料，那——」

拉彌再次接下對話。「那我們就夠付你錢了。」

王艦顯然覺得這整個工作情境非常有趣，開始在公共頻道上搜尋私人維安顧問的收費行情。我提醒自己現在可是在假裝不是維安配備，所以對他們提問不會顯得很怪。我決定先從基本資料開始問起。「為什麼你們想雇用我？」

拉彌看看另外兩人，只見兩人點點頭，她清清喉嚨。「我們本來在拉維海洛站工作，雇主是特蕾西挖掘工程公司，烏姆洛底下一家比較小的外包工程公司。我們進行礦物研究和技術開發。」替性解釋說他們是一群技師，總共七個人再加上副手，這些副手是接案做事的人。其他人在飯店房間等，拉彌、梅洛和塔潘則受託為整個團隊採取行動。聽到他們說他們的採礦經歷專注在技術和研究上令我鬆了口氣，我過去的採礦合約中，技術人員通常都是在礦坑附近的辦公室裡，除非他們中毒開始想殺掉彼此，不然我們不太常見面，這也不常發生就是了。

「特蕾西的條件開得很好，」塔潘補充道，「但也許有點太好了，如果你懂我的意思的話。」

王艦迅速搜尋了一下，告訴我那句話的目的只是打個比方而已。我告訴它我知道。

拉彌繼續說：「我們接了這張合約，因為這個案子能讓我們研究我們自己的項目。我們有個想法，可以開發新的偵測系統尋找異合成物質。拉維海洛有許多已經被辨識出來的沉積物，所以很適合我們做研究。」異合成物質就是未知文明留下的物質。分辨異合成物質和未曾經辨識過的自然形成物質這件事，在採礦行業之中是個問題。像我在前一份合約中遇到的灰軍情報發現的未知占領／未知文化的遺留物，就是禁止進行商業相關的開採。從以前到現在，我都只需要知道這些就好，畢竟我接過的每一次與未知物質相關的工作，都僅限於讓我站在附近，守護採集的人類。（王艦試圖解釋給我聽，我跟它說晚點再講，我現在得專心。）

拉彌說：「我們的進度不錯，結果小組工作突然就毫無預警被中斷，他們還拿走了我們的研究資料——」

塔潘揮揮手。「所有的努力成果！那些東西跟合約工作都無關——」

梅洛接話：「基本上就是被特蕾西偷走了，而且他們還把最新版本從我們的設備上刪掉。我們手上還有舊的備份，但最近做的那些全都沒了。」

拉彌繼續說：「我們向烏姆洛抗議，但是他們處理的速度慢得要死，我們也不知道到底會不會有結果。」

我說：「聽起來你們應該要去找律師處理。」這種事情並不罕見。公司也會偷挖資訊，但手法不會像直接從創作者的設備上刪除成果那麼拙劣或明顯。如果公司真的這麼做，那創作者就不會再回來、投入更多維安抵押金，讓公司有管道可以接觸到他們接下來要做的東西。

「我們想過找律師的事，」拉彌說。「但我們不屬於工會，這樣費用會很高。不過昨天特蕾西終於回應了我們的抗議，說如果我們把簽約獎金歸還，就可以取回檔案。我們得回拉維海洛才能這麼做。」替性往椅背一靠。「這就是為什麼我們想要僱用你。」

這樣就合理了。「你們不信任特蕾西。」

「我們只是需要有人站在我們這邊。」塔潘澄清。

「不，我們絕對是無法信任特蕾西，」梅洛更正道，「完全不信任。我們到那裡的時候，如果情況變得……棘手，就會需要維安人員了。照計畫，特蕾西本人會來跟我們碰面，她有一票隨身保鏢，而且那地方除了烏姆洛在公共區域和碼頭區安置的少數維安系統以外，其他地方都沒有維安設備。」

我不太確定她說的「棘手」具體是怎麼回是，但是在這個狀況中我能想像的所有情境都不是什麼好事。

公司之所以提供維安配備，就是要讓客戶不需要雇用人類來守護自己。從我在影劇中看到的狀況來說，就算我的工作只表現半調子的能力，也比人類試圖做這件事還要強。

我還在透過監視攝影機看著我們的身影，不過我沒讓攝影機錄影。我看到自己露出半信半疑的表情，但這個情境配這個表情沒什麼問題。

我開口：「與特蕾西的會面可以透過安全頻道進行。」公司也有針對這種事情開立押金，保護財產和資料的轉移。

表情比我更質疑的梅洛說：「對啊，但特蕾西要我們親自出面。」

拉彌承認：「我們知道去跟對方碰面聽起來不是個好主意。」

如果你們想被謀殺，那就是個超棒的主意啦。我本來想找個簡單的工作，做個快遞之類的。但這可是要保護一群決心去做一件危險事的人類，正是我的天職。即便我駭了自己的控制元件，還是一直或多或少地執行著這份工作，雖說通常是傾向少做點。我已經習慣做有用的事、保護某些東西，即使是面對一群只是因為合約要求才帶上我、且如果我走運的話才不會視我為玩具而是工具的人類團隊也一樣。

遇過保護育能組之後，我才發現如果真的成為我所保護的團隊的其中一員，工作起來會有多麼不一樣。這也是我會在這裡的主因。

我把接下來的話包裝成問題，因為要讓人類意識到自己在做蠢事的最佳方式，就是假裝你想問他們更多資訊。「所以你認為特蕾西想要你們親自出面，是還有其他理由，不只是……要殺你們？」

塔潘面露苦惱，彷彿她一直有意識到這件事，只是不想去想。梅洛敲了敲桌面然後指向我，這舉動有點讓我警戒，直到王艦辨認出這個姿勢是強調同意的意思。

拉彌深吸了一口氣。「我們認為……我們還沒結束，工作流程還沒完成，而且我們對這件事這麼熱血……我們認為他們一定是透過維安頻道偷聽我們講話，以為進度超前才動手的。所以我不知道他們到底能不能接下去做完，也許他們發現現有資料不值得讓我們就此停工不繼續做下去。」

「也許特蕾西想要我們再回去替她做事。」塔潘用期待的口氣說。

也許吧，然後再謀殺你們。我沒說出想法。

梅洛嗤之以鼻。「我寧願去住在中轉環的購物中心的盒子裡。」

他們一開始討論就停不下來了。這群人對於接下來的行動看法完全不同，顯然這對他們來說非常痛苦，因為他們已經習慣彼此擁有同樣的觀點。

塔潘認為值得一試，但梅洛指出她對這整件事的態度太過天真。梅洛認為事已至此，他們已經無力回天，但塔潘認為她太過憤世嫉俗，難相處又耽誤進度。拉彌猶豫不決，這也是為什麼替性會被選為處理這個問題的組長。面對大家的信心，拉彌並沒有很開心，但還是扛起了責任想辦法推進進度。

最後拉彌說：「這就是為什麼我們想要僱用你。我們認為帶上能夠保護我們、避免對方搞我們的人手，加上在溝通期間讓對方看看我們也有後援，這樣比較好。」

他們需要的是一家願意為這場會議以及旅途提供保險的公司，並且派出維安配備跟他們一起行動、確保人身安全。但是像這樣的公司收費很貴，對這種小型的任務也不會有興趣。

他們全一臉憂心忡忡地盯著我看。透過監視攝影機的角度來看，他們的年紀真的很小。他們看起來軟綿綿，還有色彩繽紛的蓬鬆頭髮。而且他們好緊張，但不是因為我。

我回應：「我接受委託。」

拉彌和塔潘看起來鬆了口氣，顯然不想這麼做的梅洛則露出了放棄的神情。「我們要付你多少錢？」梅洛瞄了一眼其他人，「我的意思是，我們負擔得起嗎？」

王艦已經準備好一份試算表，但我不想用太大的數字把他們嚇跑。「你們的任務被迫終止之前，他們付你們多少錢？」

拉彌說：「在短期合約的任期間，每個工作天每個工作人員兩百 CR。」

這件事聽起來應該不會超過一天時間。「那你們就付我這個價格吧。」

「合約的一天價格嗎？」拉彌挺身坐直，「真的假的？」

替性的反應表示我的開價低得太離譜，但現在更正也來不及了。我的確得給他們一個理由，告訴他們為什麼我願意低價接案，我決定說一個半真半假的理由。「我得去拉維海洛，而且我需要雇傭合約才去得了。」

「為什麼？」塔潘問，拉彌則警告地擠了她一下。「我的意思是，我知道我們無權過問，可是……」

無權過問。在遇到保護育能組之前，這種事情從沒發生在我身上過。我再次吐實：「我得替另一個客戶在那裡做一點研究。」

跟王艦一樣，他們明白研究的意思，特別是專利研究，所以接下來就沒問我其他問題了。拉彌告訴我，他們預計隔天出發前往拉維海洛，然後說會幫我申請一張私人雇傭憑證。我跟他們約好在接駁船艦登機區前的購物中心見面，以及集合時間，接著便起身離開。一脫離監視攝影機的範圍，我就放開了對攝影機的控制。

我回到王艦上，縮進最喜歡的椅子，然後跟王艦一起看了三小時的影集，一邊等自己冷靜下來。王艦監控著中轉環的警報頻道，以免有人突然發現我的真實身分，可是什麼事都沒有。

就跟你說吧。王艦這麼說，應該說是又這麼說。

我不理它。我沒有被看穿身分，接下來該是想想計畫的其他部分的時候了，而且現在這計畫還包含讓我的客戶成功生還。

13

我在登機區跟他們碰了面。我帶著小背包，這是我的人類偽裝的一部份，但其實我從王艦上帶下來的東西只有通訊器的控制介面。到了拉維海落之後，透過這個控制介面，我們兩個就可以保持聯繫，我能繼續利用王艦的資料庫和不請自來的建議。我已習慣有中控系統和維安系統做後盾，王艦剛好就接下了這兩個系統空出來的位置。（而且不會像那兩個系統那樣可能會隨時跟公司告狀、導致我被控制元件處罰。不過話說回來，王艦能隨心所欲批評我的所作所為這件事，對我來說已經是種處罰了。）我已把通訊控制介面裝進肋骨下方內建的空槽。

三位客戶都已經到了，分別都背著個小包包或行囊，畢竟一切順利的話，他們只會待上幾個循環日。我在一旁等著他們跟團隊其他成員道別結束。他們看起來都很擔心。

這群人在社群頻道上的關係顯示為婚姻伴侶，有五個大小不一的孩子。其他人離開並留下拉彌、梅洛和塔潘之後，我才走上前去。

「特蕾西幫我們買了公共接駁船的票，」拉彌告訴我。「這應該是好徵兆吧？」

「當然。」我說。這徵兆爛透了。

工作憑證讓我可以進入登機區，現場也沒有掃描武器的關卡。拉維海洛允許民眾持有私人武器，在公共區域範圍內的維安層級也很低，這也是為什麼人類的小型團體會需要雇用私人維安顧問一同前行。我們往接駁船的艙口走去時，我傳訊息給王艦：**你能不能在不讓中轉環維安系統偵測到的情況下，掃描接駁船看看有沒有異常能量動態？**

沒辦法，但我會告訴維安系統我是在跑掃描數據和系統測試。

我們走到艙門前，王艦回報：**沒有異常現象，與出廠零件表相符程度為百分之九十。**

這很正常，表示如果這裡有爆炸裝置，現在也被深埋在艙殼內某處，還沒啟動。另外還有五位外來工作者等著登船，我的掃描結果沒有讀取到任何能量動態。他們帶著大包行李和包包，顯然打算長時間停留。我讓他們先登船，然後插到梅洛前進入艙口，一邊走一邊繼續掃描。

接駁船是由模擬機器人駕駛，唯一的組員是強化人，看起來她在這裡單純只是為了檢查工作憑證和船票。她看了我一眼說：「你們應該只有三個人才對。」

我正忙著取得維安系統的控制權，所以沒有回話。維安系統跟模擬機器人駕駛是兩個完全分開的系統，這跟我習慣的接駁船相比不是標準配置。

塔潘抬起下巴。「這位是我們的維安顧問。」

我取得了接駁船維安系統的控制權，刪掉系統認為此事可能有安全風險、準備發給模擬機器人駕駛和組員的警報。

只見組員皺了皺眉，又檢查了一次工作憑證，但沒有爭論。我們順利進入內艙，其他乘客正在各自安頓，不是在放置個人物品，就是低聲交談。我還沒排除他們是潛在威脅的可能性，但他們的行為舉止讓這個可能性穩定下降中。

我在拉彌身邊的空位坐下，其他人也安頓下來，然後我再次發訊號敲了敲王艦。王艦說：**我正在掃描有沒有異常鎖定，目前情況沒有問題**。

它的意思是它沒看到衛星上有任何東西瞄準我們。如果對方的計畫是從衛星瞄準轟炸我們，那也是出發後才會發生。不過如果有人從衛星表面對中轉環開火，我很肯定那絕對會是件大事，也會有官司風波。我告訴王艦：**如果他們在我們上路後朝我們開火，我們也束手無策。**

王艦沒有答話，但我已經夠了解它，知道這沉默自有意義。我說：**你沒有武器系統**。機組圖上沒有，或者至少王艦放在公共頻道上的那張機組圖上沒有。**對吧？**

王艦承認道：**我有岩屑變位系統**。

讓岩屑變位的方式只有一個。我從沒登過有武器系統的船鑑，但我知道這類船艦的執照和保證金協議跟一般船艦是完全不同的等級。（如果這種船艦不小心對著不該開火的目標開了火，有人得扛下損失費用。）我說：**你有武器系統**。

王艦重複道：**我有岩屑變位系統**。

我已經開始懷疑持有王艦的大學究竟是哪一種大學。

拉彌擔心地看著我。「沒事吧？」

我點點頭，努力保持神情自然。

塔潘靠上來越過替性說：「你在通訊頻道上嗎？我找不到你。」

我告訴她：「我在私人頻道上跟中轉環上的朋友講話，我朋友正在幫我們監控接駁船的起飛過程，確保一切都沒有問題。」

他們點點頭，坐回了位置上。

穿透甲板的震動代表接駁船已經脫離中轉環，開始移動。我檢視模擬機器人駕駛，對方是功能有限的機型，連標準接駁船艦上裝設的駕駛機器人的複雜程度都達不到。我讓接駁船維安系統告訴它我有中轉環維安系統的權限，它便愉悅地發訊號敲了我。組員跟它一起坐在駕駛艙內，透過她的主頻道補一些行政工作和閱讀社群頻道的下載內容，船艦上沒有人類駕駛。

我靠向椅背，稍微放鬆一點。雖然很想看影集，而且從主頻道上可以感覺到的動靜來看，船上的大多數人類都在看影集，但我想繼續監控模擬機器人駕駛。雖然這麼做感覺有點太過謹慎，但是我內建的本能就是如此。

航程過了二十四分鐘四十七秒，我們穩定前進，這時模擬機器人駕駛驚叫一聲，就死於湧入其系統的刺殺軟體。接駁船維安系統和我都還沒來得及反應，它就死了。我立刻在我們四周拉起防火牆，刺殺軟體便被擋了下來。我看見軟體顯示任務完成，然後便自我摧毀。

噢，該死。**王艦**！我用接駁船維安系統一把接下控制。我們需要在七點二秒內進行航道修正。組員被警報嚇得跳出正在看的頻道，一臉驚恐地瞪著控制臺，然後按下緊急信號發送器。她不會駕駛接駁船艦。

我能駕駛接駁艇和其他大氣上層用的船艦，但從沒學過駕駛接駁船艦或其他太空行進用的交通工具。我推了推接駁船維安系統，希望能獲得一點幫助。

讓我進去。王艦的語氣冷靜平淡，彷彿我們只是在討論接下來要看哪部影劇。

我從來不曾讓王艦取得我大腦的完整權限。我讓它改造過我的身體，但不是這樣。我們只剩三秒，倒數中。我的客戶、接駁船上的其他人類。我讓它進來了。

那感覺就像人類在書裡描述過的，腦袋被壓進水底下一樣。然後一下子又消失了，王艦已經進入接駁船，利用我與接駁船維安系統之間的連線，跳進那個被消除的模擬機器人留下的空位。王艦在控制臺中遊走，完成航道修正、調整行進速度，然後找到降落信號，引導接駁船接近拉維海洛的主碼頭。此時那個組員才終於呼叫到港務局，自己都還處於過度換氣的狀態。港務局有能力上傳緊急停靠流程，但是時間太緊迫，對方完全沒辦法救我們。

拉彌碰了碰我的手臂說：「你還好嗎？」

我剛才一直緊閉著雙眼。「沒事，」我對她說。然後想起人類通常會希望對方多說點話，所以我指了指警報說：「我的聽力很敏感。」

拉彌同情地點點頭。其他人都很擔憂，但是目前還沒聽到任何廣播消息，而且他們從碼頭的頻道上還能看見抵達時間仍然寫著準點。

組員試著向港務局解釋船艦上發生了嚴重故障，模擬機器人駕駛已經死了，她不知道為什麼船身還是照著原定航線前進而不是直接衝撞衛星表面。接駁船維安系統試圖分析王艦，搞得自己差點被整個刪除。我接手接駁船維安系統，關掉警報器，把整趟旅程從它的記憶中刪除。

警報聲響停止後，乘客間傳來鬆了口氣的低語。我傳了個建議給王艦，接著它傳了一組故障代碼給港務局，幫我們重新安排了優先等級，並且把我們的停靠地點從公共區域換到緊急作業碼頭。既然刺殺軟體顯然就是打算讓我們在路上全滅，本來的停靠站大概也不會有人在那裡等我們，不過還是謹慎點比較好。

頻道上出現碼頭區的影像，只見碼頭位在一座山的側面被掏空後留下的大山洞裡，周圍環繞著岩屑變位系統網。（是真正的岩屑變位系統，跟王艦上明明是軌道槍還是其他武器假裝的岩屑變位系統不一樣。）碼頭上不同樓層的裝置發出光芒，在黑暗中顯得閃耀無比。我們沿拋物線順著港務局的警示燈降落，幾艘規格更小的接駁船往我們的方向駛來。

梅洛瞇眼看著我。改變停靠站的消息傳到主頻道時，她靠上來問：「你知道發生什麼事了嗎？」

好險我記得沒人會覺得我一定要立刻回答所有問題。這是身為強化人維安顧問而非維安配備的其中一個好處。我說：「下船再討論。」他們看起來欣然接受。

王艦把我們降落在港務局的停泊口。接駁船上只剩下那位組員，試圖跟上船來連接診斷設備的緊急技術人員解釋到底發生了什麼事。王艦已經撤退了，也刪除所有造訪的痕跡，接駁船維安系統顯示為一頭霧水，但是至少它仍舊完好無缺，不像那可憐的模擬機器人駕駛。

急救人員和機器人在小小的登機區忙進忙出。我保持鎮定地帶著我的客戶穿過他們，趕在任何人想到要攔阻我們之前，來到銜接主碼頭的透明密閉通道。我已經從公開頻道下載了一份地圖，正在測試此地維安系統的強度。透明通道能看見大山洞的景色，只見山洞裡有好幾層不同的停泊口，還有幾艘接駁船來來去去。遠處停的是採礦站使用的大型拖拉船艦。

這裡的維安系統似乎有點斷斷續續，而且好像是看你經過的地區所屬的系統承包商有多神經質來決定系統的斷續狀況。這可說是我們的優勢，也會是很大的挑戰。從中轉環的公共資訊頻道警示能看到有許多人類公然攜帶武器，而且這裡也沒有武器掃描的關卡。

我們出通道之後進入了一座中央轉運站，有透明拱頂可以看見上方的岩洞景致，岩洞頂端打著燈，展現穿插其中的彩色礦脈。

我先掃描了一遍，確保沒人在錄影，然後我攔下拉彌。替性和其他人抬起頭看著我，我說：「你們要去見的人剛才企圖殺掉你們。」

拉彌眨了眨眼，梅洛則是雙眼圓睜，塔潘吸了口氣準備回話。我繼續說：「那艘接駁船被傳染了刺殺軟體，軟體摧毀了模擬機器人駕駛。我當時跟一位朋友聯繫上，他透過我的強化頻道下載了一套新的駕駛模組。這是我們沒有墜毀的唯一原因。」

駕駛模組是可以讓接駁船駛入安全軌道，但能力沒有強到能夠處理棘手的降落程序並完美停妥。我希望他們不會意識到這點。

塔潘閉上了嘴。震驚不已的梅洛說：「但是還有其他乘客啊。還有接駁船的組員。他們打算殺掉所有人？」

「如果你們是唯一的死者，動機就太明顯了。」

看得出來他們慢慢開始消化這件事。「你們應該立刻回中轉環。」我查了一下公共頻道上的時刻表。有一艘公共接駁船會在十一分鐘後啟程。要是我的客戶動作夠快，特蕾西就不會有時間追蹤到他們並把病毒傳到接駁船上。

塔潘和梅洛看著拉彌。替性猶豫了一下，然後咬緊牙根說：「我留下來，妳們兩個先走。」

「不行，」梅洛立刻說，「我們不會這樣丟下你。」

塔潘也說：「我們應該同進退。」

拉彌的臉都快皺起來了，死亡風險罩頂的時候替性都沒示弱，但兩人的堅定支持卻成功了。替性克制住自己，輕輕地點點頭。替性看著我說：「我們要留下來。」

我沒有立刻做出反應，因為我已經習慣客戶做出錯誤的決定，我因此得以時不時就練習控制自己的表情。「你們不能去赴約。接駁船沒有停進計畫中的停泊口時，他們就沒辦法追蹤你們了，你們應該要把握這個優勢。」

「但我們一定要跟他們碰面才行，」塔潘堅持道。「不然拿不回研究心血啊。」

對，我常常想要把我的客戶抓起來搖一搖。沒有，我從沒這樣做過。「特蕾西根本不打算把你們的資料還你們。她引誘你們來這裡只是為了滅口。」

「對，可是——」塔潘開口想繼續說。

「塔潘，你先閉嘴聽他說。」一臉火大的梅洛打斷她。

技術上來說，我不需要煩惱這件事。我現在已經到達目的地，已經不需要他們了。我可以在人群中跟他們走散，讓他們自己去處理那個想殺人的前雇主。

但他們是客戶。就算我駭了控制元件，面對不是我自己選的客戶時我都很難拋棄他們。而我是以自由身分跟他們達成合作協議，我不能這樣走掉。我讓嘆氣留在腦袋裡。

「你們不能到特蕾西的地盤跟她碰面。地點要由你們選。」

雖然不理想，但至少要做到這點。

我的客戶挑了個位於太空站中心的美食街，位置在一座高起的平臺上，桌子和椅子擺放成一組一組，各式各樣的太空站服務和雇傭服務廣告，以及各個礦坑的資訊浮在空中。廣告的顯示器同時也有攝影和錄影的功能，所以這地方是很熱門的會議地點。

拉彌、塔潘和梅洛挑了張桌子，我們緊張地擺弄著剛剛跟其中一臺到處繞來繞去的機器人點的飲料。他們已經打過電話給特蕾西，現在就等著代理人現身。

這個公共區域的維安系統比接駁船維安系統複雜一點，但沒差多少。我已經進入系統，深度足以讓我監控緊急交通路線，並且掌握對準我們現在位置拍攝的攝影機鏡頭畫面。我覺得還算有自信。我站在距離桌子三公尺的地方，假裝在看廣告看板，一邊檢視我從公共頻道上查到的礦坑地圖資訊。地圖上標註了不少廢棄礦坑，還有看起來不知道要通往哪裡去的地鐵路線。葛納卡坑一定是其中之一。

王艦在我耳邊說：**一定有可以連線的資訊檔案庫。葛納卡坑的存在事實不會消失在上面。要是真的不存在，對研究人員來說會太過明顯。**

這就取決於研究本身了。研究異合成物質的人一定會在意東西是在哪裡找到的，但是不見得會在意挖到這些物質的公司是哪一家，或者為什麼那家公司已經不存在了。但是把葛納卡坑從地圖上移除的人會設法讓一般的記者找不到其存在紀錄，而不是從所有人的記憶抹去。

王艦的資訊是對的，在這顆衛星上還有其他維安配備。地圖上顯示出五家提供維安配備服務的保險公司商標，包含我所屬的公司，位於七座地點最偏遠的礦坑，礦脈勘探任務依舊在這些地方進行中。他們會在那些地方保護財產不會落入宵小之手，並且保護礦工和其他雇員不會讓彼此受傷，這也是抵押合約的其中一部份。所有維安配備都一定是用待命狀態以貨櫃或修復室裝載的方式進入太空站，所以這點我不需要太過擔心。我的身型變動雖然可以騙過人類和強化人，但瞞不過其他維安配備。

如果它們見到我，就會警告維安系統。這點它們也別無選擇。它們實際上也不想要選擇。要說誰最知道叛變維安配備有多危險，那就是其他維安配備。

就在這時候，我感覺到有人發訊號敲我。

我告訴自己一定是誤會了。然後訊號又來了。我腦中警鈴大響。

有東西在找維安配備。不只是找機器人，是專找維安配備，而且那東西離我很近。它不是直接敲我，但要是我身上的控制元件正常運作，我就一定得回覆這個訊號。

三名人類走近我客戶所在的座位。拉彌在通訊頻道中悄聲說：「那就是特蕾西。我以為她不會親自出面。」其中兩名人類是男性，身形剽悍，其中一人邁開大步走向座位。梅洛看見那男子，從她臉上的表情看來，此人肯定不是來打招呼的。掃描結果顯示對方身上帶著武器。

我把他擋在座位前，將手舉到他胸前。「站住。」

在我大多數的工作合約中，我最多就只能對人類做到這樣，除非他們進一步採取肢體接觸。但是這動作要是做對了效果有多好，說出來你一定不相信。不過那是在我還穿著盔甲、面罩不透明的時期。身穿普通人類的裝扮、露出我的人類面孔站在這裡，讓整個狀況都不一樣了。話雖這麼說，要是對方真的出手也傷不到我就是了，他也還沒拔出武器。

我大可像撕破衛生紙一樣把他打穿。

但他並不知道這點，不過他一定是從我的表情看出來我不怕他。我切換到攝影機畫面，看看自己是什麼樣子，最後的結論是我看起來一臉無聊。這也不奇怪，因為工作時的我差不多都是一臉無聊樣，只不過穿著盔甲的時候看不出來罷了。

他很明顯地整頓了一下自己的態度，問道：「你他媽的是誰？」

我的客戶推開椅子站起身。拉彌說：「這位是我們的維安顧問。」

他後退一步，狐疑地瞥向其他兩名同伙，也就是第二名男性保鑣和特蕾西。特蕾西是強化人女性。

我放下雙臂，但沒有移開。我已經把砲火對準了這三人，但那是為最糟狀況做的準備。至少對我來說是如此。雖然人類總是漏看許多小細節，但我能從手臂發射能源武器這件事絕對會引起注意。我分出一點注意力在監視攝影畫面上，留意到底是什麼東西用訊號敲我。

我在畫面上注意到公共區域另一頭的一景，位置接近入口隧道處。那個站在座位區外圍的身影跟我預期的形象不符，我還得重看一次才明白。對方沒有穿著盔甲，身形比例也不符合維安配備的標準。它茂密的頭髮是銀色的，髮尾帶著藍色和紫色，往後梳齊並編成像塔潘的髮型，但花樣更為複雜。它的五官跟我的不同，但是所有維安配備的五官都不同，是根據作為我們身上有機部位的複製人素材隨機分配的。它的雙臂很光滑，沒有露出金屬部位，也沒有槍罩。它不是維安配備。

我看到的是一架性愛機器人。

那不是官方名稱。王艦說。

官方設計名稱是安撫配備，但大家都知道那是什麼意思。

性愛機器人如果沒有接獲指令，是不允許自己在人類活動區域走動的，跟殺人機差不多。一定有人派它來。

王艦猛力戳了我一下，力道之強讓我忍不住皺了皺眉。我跳出畫面，倒帶一小段錄影看看剛剛發生了什麼事。

特蕾西走上前。「你們又為什麼會需要維安顧問？」

拉彌吸了口氣，我敲了替性的主頻道，拉了一條私人頻道給替性、塔潘和梅洛。我告訴替性：**不要回答這個問題。不要提起接駁船的事件。講公事就好**。

直接提接駁船會太衝動。特蕾西來這裡前已經預期他們兩方會進行一場憤怒的對質，這就是為什麼她帶了武裝保鑣同行。我們現在有先機：我們還沒死，他們搞不清楚狀況。所以我們要保持這個狀態。

拉彌吐氣，在頻道中回敲表示收到，然後說：「我們是來談檔案的事。」

意識到我的打算，梅洛告訴拉彌：**繼續說，不要讓他們坐下**。

拉彌的口氣多了點自信。「合約中並未包含你們有權刪除我們的私人項目，但我們同意妳的提議，以歸還簽約獎金換回檔案。」

我透過監視攝影畫面看著那架性愛機器人轉頭，從身後的隧道離開了公共區域。

特蕾西說：「整筆獎金嗎？」顯然本來不認為他們會同意。

梅洛傾身向前。「我們開了一個烏姆洛的戶頭放這筆款項，只要妳把檔案給我們，我們就可以立刻轉帳給妳。」

特蕾西的下巴動了動，正在對私人頻道說話。兩名保鑣退了下去。特蕾西走上前，拉開椅子在桌邊坐下。過了片刻，拉彌坐下了，塔潘和梅洛也照做。

我把一部分的注意力放在協商現場，然後回頭去翻找公共頻道。我先叫出歷史紀錄，尋找我在此執行合約任務的期間出現的任何異常活動。

在我的客戶還坐在桌邊談話、而我再次跟從我身後探頭探腦的王艦一起翻找資料的同時，我也看著監視攝影機的畫面。我注意到有兩個潛在威脅進入了這個區域。兩人都是強化人。而我先前已經注意到三個潛在威脅在場，就坐在附近的桌邊。（三人對於就在座位區正中間發生的對質事件都一臉特別不在乎的模樣，而其他人類和強化人則很明顯地在偷偷打量。）

王艦戳了戳我。**我有看到**。我對它說。資料搜查一番後，就在我指定的時間範圍內，找到了一連串的公告。內容提醒偏遠礦坑區的原物料和補給品運送時間有變，會造成乘客地鐵路線改變。（這裡的地鐵是小型運輸系統，載送乘客往返太空站和作業中心，也有私人路線進出比較近的礦坑區。）比較新的公告內容提到，已經架設一條新的路線來彌補受到影響的路線。

就是這個了。從內文看來，可以得知作業中心的雇傭人員必須打造一條新的地鐵路線來繞過通往無預警被關閉的礦坑區隧道。那裡一定就是葛納卡坑。

其他關閉礦坑的消息都會有相關的當地報導、受到社交頻道上大量關切，論及申請破產的消息和相關服務公司所遭遇的衝擊等等。但是這個礦坑關閉卻沒有這樣的內容。一定是有人付錢把這些報導都從公共頻道上刪除了。

談判進入了尾聲。特蕾西站起身，朝我的客戶點點頭，然後離開了桌邊。拉彌的表情滿是質疑。梅洛看起來悶悶不樂，塔潘則介於疑惑與憤怒之間。

我關上搜尋的檔案，走向他們。拉彌看著特蕾西和保鑣離去的身影說：「來這裡真是個錯誤的決定。」

塔潘想反駁：「她說明天啊……」

梅洛搖搖頭。「不過是更多謊言罷了。她不會給我們檔案。要給的話，她在這裡就能給我們。不然，我們還在中轉環的時候，她也可以透過通訊頻道給我們。」她抬起頭望著我，「接駁船的事，我本來還有點不確定事不事真的，但是現在……」

我還在追蹤攝影畫面中的潛在威脅動靜。「我們得離開了，」我告訴他們，「去別地方再談這件事。」

我們離開的時候，其中一個潛在威脅起身跟著我們。我發訊號敲了敲王艦，讓它注意其他人，以免他們不只是太過投入自己的主頻道、對四周的情況毫無知覺的單純路人。

我已經在太空站地圖上標示出幾個可能可行的路線，其中我最喜歡的是穿過一條弧形行人隧道區，遠離主要活動區域。這條路上有許多出口可以通往不同的地鐵站，不過不是人流最多的路線。我敲了敲拉彌的主頻道，告訴替性往最大飯店所在的路口走。梅洛一邊聽，一邊悄聲說：「我們付不起那間的價錢。」

你們不用住在那裡。我在群組頻道對他們說。公共頻道上的傳單上寫道這間飯店有高安檢規格的大廳，還能很快抵達可通往公共接駁站所在的地鐵站。

我們來到隧道口，開始走進隧道。這條隧道有將近十公尺寬，四公尺高，走在中間的時候光線夠明亮，不過兩側較陰暗，還有往其他地方延伸的次要隧道，都比較暗。這裡有監視攝影機，可是監控攝影機的系統等級不高。作保的公司大有可能因為保險客戶在這裡遇到的危險，以及錯失收錄對話資料的機會而慘賠一筆，

隧道裡還有其他人類。有些是礦工，身穿連身工作服，夾克上帶有各礦坑的標誌。不過大多數人都只是穿著平民的工作服，不是工程師就是協作公司的員工。他們的腳步都很快，且成群移動。

走了八分鐘後，隧道裡的其他人類都陸續踏上了地鐵通道。我在群組頻道上說：**繼續走，不要停**。**我跟你們在飯店大廳見**。我閃身躲進其中一條比較暗的支道。只見我的客戶繼續前進，沒有回頭看我，不過我看得出來塔潘很想這麼做。

我透過攝影機，看著潛在威脅／新目標走在隧道中，腳步很快。他身邊還有兩個剛出現的人類，現在稱為二號目標和三號目標。他們走過我身邊之後，我走出地鐵通道，拉開距離跟著他們。我掃描他們身上尋找能源武器的跡象，不過沒有收到任何讀數。三個目標都穿著夾克和長褲，側面有很深的口袋。我標示出七個可能藏有刀或伸縮棍棒的位置。

我的客戶一進入他們的視線，三個目標就慢下了腳步，不過仍然逐步縮短跟我客戶之間的距離。我知道他們八成在通訊頻道上向某個人回報狀況，確認接下來的指令。不論那個人是誰，他都沒有辦法控制監視攝影機，至少現在還沒辦法。

我跟上去，用眼睛看著目標，然後透過攝影機看著我自己，確保我沒有引起其他人的注意，也沒有人跟蹤我。王艦保持沉默，不過我感覺得到它趣味盎然地看著我工作。

這時，我和目標之間的最後一群礦工轉彎踏上了地鐵通道。我們這時的位置在隧道的轉彎處，我的客戶和下一個轉彎處之間大約有五十公尺距離，這段路上空無一人，監視攝影機畫面告訴我，我身後的隧道中也沒有人了。我得解決這件事。我跟著礦工彎進地鐵通道。

一踏上地鐵通道口，我便停下腳步，礦工則登上了接駁艙。艙門關上的時候發出嘶嘶聲響，接駁艙接著便離開了。從監視攝影畫面上看來，二號目標動了動下巴，表示他在頻道中默聲講話。然後攝影畫面就斷了。

我拐過彎，回到隧道中，開始奔跑。

這是計畫內的風險，因為我不能全速奔跑，以免洩漏我不是人類的線索。但我還是在一號目標追上拉彌、一把抓住替性的夾克袖子時趕上了。我打斷他的手臂，肘擊他的下巴，然後把他甩向本來要舉刀攻擊梅洛、這時卻轉向我的二號目標。

二號目標手上的刀意外（這是我的猜測，也有可能他們根本就不在乎彼此）刺中一號目標。二號目標腳步踉蹌地往旁邊倒，我拋下一號目標，打碎了二號目標的膝蓋。三號目標好整以暇地舉起手中的棍棒，擊中我的頭部左側和肩膀。我承認，這有點惹毛我了，但我可是被搬運機器人不小心用比這還要大的力氣打中過。我用左臂擋下第二波攻擊，一拳打斷他的鎖骨，再一拳打碎他的髖骨。

三個目標都已經倒地，二號目標是唯一還有意識的人，不過他蜷著身體，不斷哀號。我轉向客戶。

拉彌一手掩著嘴，梅洛完全動彈不得，雙眼圓睜。塔潘則是把雙手高舉在空中。我在群組頻道上說：**去飯店，在大廳等我。不要跑，用走的。**

最先從驚嚇中恢復的是梅洛。她用力點點頭，勾起拉彌的手臂，拍了拍塔潘的肩膀。拉彌轉身要走，但是塔潘問道：「維安系統呢？」

我知道她在問什麼。「他們叫某人把攝影機都切掉了。這就是為什麼你們得立刻離開。」中轉環上的公共頻道說過這裡沒有全面覆蓋維安系統，但是負責保護各家礦坑區和雇傭人員的維安公司本該負責管理他們領地附近的公共區域。這個地點顯然是經過那位切斷攝影畫面、幫助三個目標行動的不知名人士仔細計算，確認脫離任何緊急協助的範圍才選中的。我本來就不期待會有什麼人及時衝來現場，但是我們的動作確實得加快了。

拉彌悄聲說：「走吧。」然後他們開始移動，腳步很急，但沒有跑起來。

我轉身面對那個還有意識的目標，壓住他頸部的動脈，直到他昏過去為止。

我踏著正常的步伐離開。我已經深入監視器攝影系統，把被截斷的監視攝影機前後的攝影機裡的臨時檔案都刪除了。這麼一來，要是有人想要調查到底發生了什麼事，問題也能被掩飾。但特蕾西見過我，她會知道事實。我只希望那三個小鬼這次能好好聽我的話。

我來到連接數條隧道和地鐵站的交叉路口，這裡零星有些路邊攤在賣料理包、頻道控制介面、洗漱用品和其他人類喜歡的東西。人潮並不擁擠，走動的人流還算穩定。飯店入口就在另一頭。

飯店大廳由開放樓層圍繞，中央是一座巨大裂口的立體投影，壁面上布滿水晶般剔透的巨大礦脈。從資訊頻道上的解說看來，這是個具有教育意義的景觀設計。不過我認真懷疑拉維海洛礦區的礦脈會長這樣，特別是在採礦機器人接管之後。

我的客戶就在辦理入住區的那一層，就在人造裂口前的欄杆附近，坐在一張看起來比較像裝潢擺設而不是家具的圓形無靠背沙發上。

我在他們面前蹲跪下來。

拉彌說：「他們是來殺我們的。」

「再次。」我說。

拉彌咬唇。「你說的接駁船的事情我相信了。我相信你……」

「但現在你們親眼目睹了。」我接口。我知道替性想表達的意思。知道某件事發生，跟親眼目睹之間還是有著很大的差別。這一點就算是對維安配備來說也一樣。

梅洛揉揉眼睛。「嗯，我們真蠢。特蕾西打從一開始就沒打算讓我們還獎金換檔案了。」

「對，她沒打算。」我同意。

拉彌推了推她。「妳說得沒錯。」

梅洛看起來更沮喪了。「我根本不想說對。」

塔潘口氣有氣無力地說：「我們完了。」

拉彌伸出手臂摟住她。「我們還活著啊。」替性望向我，「接下來我們要怎麼辦？」

我說：「讓我幫你們脫身。」

14

我先帶他們來到公共接駁站，然後經過那裡，來到私人碼頭區。王艦確認了班次表後，已經先掃描了其中一艘可能要選搭的船艦。這艘船艦屬於私人所有，但是從船艦頻繁往返中轉環和這裡的紀錄看起來，很可能是某個企業老闆用自己的船艦提供私人接送服務，換取現金。

這個想法果然沒錯，而且能讓拉彌、梅洛和塔潘不掃描工作憑證就登船。其實現在就算讓他們去搭乘公共接駁船也算安全，只要不要先告知他們會搭哪一艘就好。刺殺軟體沒辦法透過頻道傳播感染接駁船，船艦上有太多保護機制了。不論是誰計畫在我們來的時候殺掉我們，都得直接經由那艘接駁船駕駛艙裡的資料槽來傳送刺殺軟體。

但我就是天生內建的偏執狂。這艘私人接駁船的好處不僅包含匿名性，還會有強化人駕駛在場，預防模擬機器人駕駛受到干擾的情況發生。除此之外，加上王艦已經跟剛剛說的那個模擬機器人駕駛混熟了，它會監督這趟短短的旅程。（王艦對於「混熟」的理解有點霸道。我已經不得不介入一次，跟模擬機器人駕駛強調，這艘又大又機歪的船艦已經答應不會傷害它。）

「你不跟我們走嗎？」站在狹小的登機區，拉彌問道。

這個私人碼頭跟港務局的碼頭比起來顯得又擠又暗，金屬隔板上頭有汙漬，高掛在岩石天花板上的燈有些壞了，有些光線微弱。人類和幾架機器人在我們上方的走道移動，我透過監視攝影機監控著兩邊出入口。接駁船已經停進了站點，艙門打開，有個身形矮小的強化人站在艙門斜坡旁收錢。另外六個乘客都已經上了船，我得費盡力氣才能忍住不要一把把我的客戶全撈起來直接塞上船。

我說：「我得在這裡做點研究，結束之後就會回中轉環。」

「我們要怎麼付你錢？」梅洛問道，「我的意思是，我們還付得起嗎……在發生了這麼多事之後？」**在他們企圖殺掉我們之後**。她在群組頻道補充道。

「我會去看中轉環上的社交帳號頻道，」我說完，心裡覺得還記得自己有這個帳號滿厲害的。「你們就上去留個言給我，我回去後就去找你們。」

「只是，我知道我們——」塔潘瞥了瞥四周。她的表情緊繃不安，肢體語言瀕臨絕望。「我們不能留在這裡，但我也不能放棄。我們的心血——」

我說：「有時候別人對妳為所欲為，妳也不能怎麼樣，只能想辦法繼續過日子，想辦法放下。」

他們全都沉默下來，盯著我看。

這讓我緊張了起來，立刻把視線切換到離我們最近的監視攝影機，讓自己變成旁觀者。我的口氣也許有點太強調了，但是事實就是如此。我不確定為什麼這些話對他們的影響會這麼大，也許是因為我聽起來知道自己在說什麼，也許是因為那兩次謀殺未遂的經驗。

然後梅洛點點頭，雙唇緊抿成一條嚴肅的直線。她和拉彌互看一眼，拉彌難過地點點頭。梅洛說：「我們得回去找其他人，想想接下來要怎麼做。去找下一份任務。」

拉彌接著說：「我們會重新來過。既然做過一次，就能再做一次。」

塔潘露出想反駁的表情，但是她實在太沮喪，沒有開口。

他們一直跟我道別、跟我道謝，他們一邊這麼做，我一邊把他們趕上艙門斜坡。我看著拉彌拿出現金卡，讓接駁船組員放在感應器上支付乘客費用。然後他們就登船了。艙門關上，接駁船的頻道打出了登船完畢的訊號，等著塔臺批准駛離。我回頭走向入口，往步道移動。我得搭地鐵到隧道更動的地區，開始找葛納卡坑。想到客戶已經回到安全的地方，我就覺得鬆了口氣。但再次恢復獨身一人、不替任何人做事的感覺也有點古怪。

我走到地鐵入口，登上了下一班進站的接駁艙。每個接駁艙都有二十個座位，還另外有吊環可以抓。艙內的重力已經為移動做了調整。我找了個位置，跟艙內的其他七名人類乘客坐在一起。王艦說：**接駁船已經出發了。我會監控你的主頻道，不過我的注意力主要會留在接駁船上。**

我讓它知道我收到了，然後試著梳理自己為何覺得這麼焦慮不安。

跟人類困在小型密閉空間，打勾。

少了我的無人機，打勾。

我那超大王八蛋研究艦太忙，我沒辦法跟它抱怨，打勾。

必須專注在自己正在做的事，不能看影集，打勾。

但不是這樣。我沒有交出一張好的成績單給我的客戶。我得到機會，結果卻失敗了。這些才是主因。

身為維安配備的時候，我有責任保護客戶安全，但除了提供建議、努力用內建在維安系統裡的公司規章來打消人類那自殺式的愚蠢和相互殘殺的衝動以外，沒有權限做其他事。這一次我有責任也有權限，但我還是失敗了。

我告訴自己，他們還活著，我只是沒幫他們取回財產，而這件事其實也不是他們雇我來做的工作。但這樣想也沒有用。

我在這條鐵路的末尾幾站下了地鐵，根據地圖，這裡有複雜的隧道可通往不少私人地鐵路線，銜接比較遠的礦坑。只有少數幾個人類在這站下車，每個人都在一下車後就轉彎進入隧道，要去最近的地鐵轉運站。我則踏上另一個方向。

接下來的一小時裡，我都在駭監視攝影機和翻過路擋、在未完工的隧道裡溜進溜出，其中許多隧道都貼有空氣品質的警告標示。

最後我找到了一條隧道，有證據顯示曾經是條採礦通道。這地方的空間足夠容納比較大型的搬運機器人，監視攝影機和照明都已經斷了線。我一邊前進、爬過石頭和金屬殘骸，一邊感覺到公共頻道的訊號慢慢消失了。

我停下腳步，檢查了一下王艦的通訊器，可是上面只有雜訊。我不認為這是有人刻意要阻斷連線功能造成的，那種情況下的斷線，我之前有經歷過，跟現在的狀況感覺不同。我認為應該是隧道本身太深，通訊器和頻道需要電源才能把訊號傳遞出去，但那些設備現在都已經不再運作了。前方有東西還有電，因為我的主頻道接收到斷斷續續的信號，都是自動播放的警告內容。

我繼續向前走。又打開了另一道路擋之後，我發現一道載貨用的地鐵出入口，成功把滑門推了開來。有一輛小型載客地鐵還停在原地。這臺接駁艙已經很久沒有使用，久到水份和四散在地毯上的垃圾都已經化在一起，變成一種黏糊糊的物質。我一路走到最前面的艙位，也就是手動緊急控制臺所在的地方。電池裡還有電，不過所剩不多了。它就這樣被遺留在這裡，被遺忘，在黑暗中隨著時光一點一滴流逝，緩慢死去。

我是不覺得驚悚啦。

我檢查了一下，確定這東西沒有跟任何運作中的維安系統相連，然後就開始動手了。接駁艙低嚎了幾聲，甦醒了過來，從地面浮起，按照最後一次的車班預定方向，駛向黑暗的隧道。我在長椅上坐下等待。

好不容易，地鐵的掃描器捕捉到前方的障礙物，發出了警告碼。我手邊有五套不同的影集、兩部喜劇、一本關於在企業網中尋找外星人遺跡歷史的書，還有貝拉爾高等教育第十一卷裡的藝術競賽等著我看。但我其實是在看《明月避難所之風起雲湧》第二〇六集，這集我已經看二十七次了。對，我有點緊張。地鐵開始減速的時候，我挺身坐直。

光線照在一排金屬路擋上。發亮的標記塗料被噴在上頭，發送斷斷續續的警告到我的主頻道中。輻射威脅、落石警告、有毒生化物質警告。我打開緊急上鎖的艙門，跳到粗砂石礫地面。我掃描尋找任何能量體，調整了視線讓我的目光能夠穿過刺眼的標記塗料。前方三公尺處有個窄縫，在金屬物質上看起來就是一塊陰影。縫隙很小，但我不用讓自己脫臼就能擠得過去。

我沿著隧道走到曾經是乘客地鐵出入口一部份的平臺。再往裡面走一點，有一扇十公尺高的雙開門，運輸工具和搬運機器人都能駛入，也能讓原物料大批運出。乘客出入口處有個卸貨架依舊向外伸出，我利用這個架子盪到比較高層的平臺。眼前所有東西都被一層潮濕的灰塵覆蓋，沒有最近移動過的痕跡。一箱箱密封著送到此地的補給品還堆在平臺上，箱子上頭可見各家雇聘公司的印章。一副壞掉的呼吸面罩掉在一旁。我的人類部位感覺到一股冷顫，實在不太舒服。這地方真陰森。我提醒自己這地方最恐怖的，應該就是我。

結果這樣想也沒什麼用。

沒有足夠的電力來開啟那扇門，但是乘客出入口的手動開關還能用。走道上也沒有會亮的燈，不過牆面上有發亮標記塗料畫的條紋，這本來是用來引導民眾在重大災變時疏散的工具。有些標記已經隨著時間失去了效用，其他部分則也漸漸淡去。所有頻道都沒有作用，只剩警告標示還在發出警示實在有點令人不安。我一直想起戴爾夫小組的活動區，心裡很慶幸我讓王艦改造了我的資料槽。

我沿著走廊來到礦坑區的中央站。這地方是寬闊的拱頂空間，除了地上的黯淡標記塗料以外一片漆黑。沒有看到人類遺體，這是當然，但是四處都是殘骸，有工具、塑膠碎片、一段搬運機器人的手臂。好幾條走廊的入口，像是陰暗的山洞，從這裡往四面八方延伸出去。我完全沒印象自己來過這裡，絲毫沒有覺得熟悉。我認出通往礦坑的通道，還有通往其他辦公室和隔間的走道。從那裡延伸出去的是裝備儲藏室。

緊急電源故障會打開所有密封的門，但是不論來收拾殘局的是誰，走的時候都把門關上了，我只得一扇扇推開來。穿過搬運機器人的維修站之後，我找到了維安配備的準備中心。我一踏進去，只覺得全身凍結在原地。昏暗中，除了空蕩蕩的武器儲藏櫃和本來放置著回收機臺的空位，我看見了熟悉的線條。修復室還在。

一共有十間，沿著室內另一頭的牆面擺放，大而平滑的白色箱體，黯淡的標記塗料照在磨損的表面上。我不知道為什麼我的性能指數在下滑、為什麼我的身體動不了。然後我意識到，這是因為我以為其他人還在裡面。

這個念頭完全不理性，完全證實了王艦對於合併體的心理能力的藐視。他們才不會把維安配備留在這裡。拋棄我們代價太高又太危險了。如果我沒有被關在這些修復室裡面、有機腦部做著夢、其他部位都一籌莫展毫無行動能力，那麼其他人就也不會在這裡。

但是要勉強自己穿過屋內去打開第一扇門還是很難。

門裡的塑膠床是空的，電源早就斷了。我打開每扇門，裡頭全都一樣。

我從最後一間修復室旁走開。我只想把臉埋在雙手中，一屁股坐在地上，開始大看影集，但我沒這麼做。過了漫長的十二秒之後，這種激動的感受消逝了。

我連自己為什麼要進來這裡都不知道。我該找資料硬碟，一些被留在這裡的紀錄。我檢查過武器櫃，看看有沒有什麼可用的東西在裡面，像是無人機，但櫃子裡是空的。現場曾經交火，在牆上留下燒焦的痕跡，其中一間修復室旁邊還有發射型武器轟炸後留下來的坑洞。然後我就往辦公室移動了。

我找到了礦坑的控制中心。屋內四散著破敗的螢幕控制臺，倒置的椅子、碎掉的控制介面散落一地，有個塑膠杯還放在控制臺上，沒有受到影響，等著有人再次把它拿起。

人類沒辦法像我或像王艦一樣的機器人那樣完全進入頻道、同時處理多方訊號來源。有些強化人植入了控制介面可以做到，但是不是每個人類都想要在腦袋裡植入那麼多東西，不意外。所以他們需要這些控制臺來投影以進行小組工作。外接資料硬碟應該就在這裡某處。

我挑了一個工作站，把椅子扶正，從褲子側面的大口袋裡拿出從王艦的組員儲藏室借來的小型工具組。（盔甲沒有口袋，所以平民衣物加一分。）我需要電力來源才能重啟工作站，不過好在，我有我。

我用工具打開右前臂上的能源武器槍罩。單手做這件事有點挑戰，但是我還試過更糟的方法。我用一條跳接線把自己跟工作臺的緊急電力通路相連，工作站嗡嗡作響地啟動了。我沒辦法打開工作頻道直接控制工作臺，但我找上了閃閃發亮的投影機，撈出維安系統錄影儲藏區的連接管道。儲藏區的資料都被刪掉了，不過我不意外。

我開始檢查其他資料儲藏區，因為搞不好刪掉維安系統紀錄的不是公司的工程師。公司將所有東西都記錄歸檔，包括工作頻道上完成的工作內容、對話、一切的一切，好讓他們之後可以用這些資料淘金。這些資料大多沒什麼用，會被刪除，但是維安系統必須一直保存資料，直到挖資訊的機器人可以檢視內容為止，所以維安系統常常會偷其他系統裡面未使用的暫存區來用。

果然沒錯，檔案被塞在醫療系統的儲藏區，供非標準流程下載用。（假設醫療系統突然需要下載一套急救流程給病人，維安系統就會把檔案撈出來，放到其他地方去，但有時候維安系統會來不及採取行動，那麼檔案就會出現部分流失。如果你是維安配備，你也喜歡你的客戶，想要藏起某些他們說過或做過的事（或者是你自己說過或做過的事）不讓公司找到，這就是讓檔案意外消失的方法之一。）

維安系統一定是在斷電前才剛把檔案移過來。檔案裡面很多畫面，我跳過一些隨機的對話以及採礦任務的數據，找到最後一段，然後回放一點點。兩名人類工程師在工作頻道裡討論一個異常狀況，是一些看起來跟任何系統都無關的編碼被上傳到站點裡來。他們在試圖找出來源為何，並且懷疑——同時罵了一堆髒話——他們的站點被惡意軟體攻擊了。其中一名工程師說她會通知主管，說他們需要隔離維安系統，對話就停在這裡，話沒說完。

這……完全在我的意料之外。我原以為是我的控制元件故障，才導致公司委婉稱為「一起事件」的大屠殺。但我真的打倒了其他九臺維安配備，加上其他機器人，以及每一個想要阻止我的武裝人類嗎？我覺得勝算太差了。如果其他維安配備也發生了一樣的故障，那源頭肯定是外界環境。

我把對話內容存到我自己的儲藏區，檢查了其他系統，尋找亂放的檔案，可是什麼都沒找到，最後我解開了與控制臺的連線。

維安準備中心已經被拆得什麼都不剩，但還有其他地方可以檢查。我從控制臺前站起身。

我走過另一扇門的時候，注意到對面的牆面上有個被強力衝擊的痕跡，以及門上的污漬。有人——有個可以承受重傷害的東西，在這裡做了最後一搏，想要守護控制中心。看來也許不是所有維安配備都被感染。

在生活起居區附近的一條走廊上，我發現另一間準備中心，是給安撫配備用的。門裡有四座形體看起來明顯是修復室的隔間，不過都比較小。隔間的門敞開，裡頭的塑膠床上空著。角落有個放回收機臺的位置，不過沒有武器櫃，置物櫃也不一樣。

我站在這屋子的中間。殺人機的修復室門都關著，沒有使用。這代表著當時沒有任何維安配備處於毀損狀態。大家全都在外頭，可能是在巡邏、站崗或是在準備中心裡，八成只是站著假裝不要盯著彼此看。但是性愛機器人的修復室門卻是開著的，這代表緊急事故發生、停電的時候，它們都在裡面。如果電力斷了，修復室的門可以從內部手動打開，但是門不會再關上。

這代表「事件」發生時，它們出勤了。

我再次使用手臂上的能源武器來替第一間修復室的緊急資料儲藏區接電。我的電力遠不足以把整個修復室重啟，但是資料儲藏盒的作用就是要在維修時期儲存錯誤資料和關機資料。（如果你駭了自己的控制原件，那資料儲藏盒的功能就多了，比方用來存放影劇檔案，不會被人類工程師發現。）維安系統可能在重大故障發生前用過這裡。

儲藏盒的確被使用過。但是使用的人是安撫配備，在事件當下用來下載它們的資料。

檔案有點零碎，難以拼湊完全，最後我發現安撫配備原來是在跟彼此溝通。

我在原地站了五小時二十三分鐘，把所有資料碎片拼起來。

當時有個要給安撫配備的編碼被從另一個礦坑區下載下來，本來應該是一段更新碼，由第三方安撫配備供應商所購買。每個安撫配備都警告這段編碼是非標準內容，需要維安系統和人類分析師進一步檢測，但是下載了這段編碼的工程師下令要它們啟用。

結果這段編碼是掩飾得極好的惡意軟體。惡意軟體沒有感染安撫配備，但是透過它們的頻道跳接到維安系統，並感染了維安系統。維安系統進一步感染給維安配備、機器人和無人機，這個礦坑區裡所有能夠獨立行動的東西全都失控了。

在大家竄逃、交火，以及人類尖叫的背景音之中，這些安撫配備想辦法分析了這個惡意軟體，發現這軟體本來是要感染搬運機器人、把搬運機器人關機用的。此舉是為了要干擾礦坑運作，好讓其他礦坑區能夠把自己的貨物搶先送到貨運船艦上去。這是一起蓄意破壞事件，不該是大屠殺，但是事件最後變成了大屠殺。

人類成功把警報傳到港務局去，可是顯然外援是不會及時趕到了。安撫配備發現維安配備的反應並不一致，還互相攻擊，而其他機器人則隨機攻擊所有會移動的東西。安撫配備決定，透過手動控制介面來恢復出廠設定，藉此奪回維安系統是它們的最佳選擇。

安撫配備的體能比人類強，但是比不上維安配備或機器人。它們沒有內建武器設備，且就算能撿發射型武器或能源武器來用，它們也沒學過武器怎麼運作。它們只能撿起一把槍，想辦法瞄準、扣下扳機，然後希望槍上的保險沒有起作用。

檔案下載的紀錄就這樣一個個停了。其中一具安撫配備表示自己會想辦法把維安配備從其他安撫配備身邊引開，另外三具表示收到。有一具聽見控制中心傳來尖叫聲，於是改變方向往控制中心移動，嘗試解救困在裡面的人類，另外兩具表示收到。有一具擋在走廊入口處，企圖爭取更多時間來連上維安系統，一具表示收到。一具表示已連上維安系統，然後就什麼也沒有了。

我注意到自己的系統發出了低電量警告，才發現自己已經在這裡待了多久。我解開跟修復室的連線，離開了屋子。走的時候撞上門框和牆面。

這件事後來一定有檯面下的協定，也許送出惡意軟體的礦坑區賠了損失和押金，金額可能大到付不出來，最後就停止了營運。也許公司覺得光這樣就足以達到懲罰的效果。

我往地鐵走，爬上接駁艙，開始進行充電循環。電力恢復後，我又回去看《明月避難所之風起雲湧》第二〇六集。

沒過多久，地鐵的電力就用完了，不過好險這時我的性能指數已經恢復到百分之九十七。我下了車，一路跑完剩下的路程。跑步對我來說不像對人類來說那麼疲憊，不過我比搭地鐵還晚了五十八分鐘才回到封上的出入口。

今天既漫長又難熬，我只想趕快結束這一天。我想離開這座礦坑的強烈感，可能只比第一次來到這裡的時候弱一點。

我已經穿過了路擋，正沿著隧道走著，這時我的主頻道開始重新接上訊號。我敲了敲王艦，讓它知道我回來了。

它說：**我們遇到麻煩了。**

15

我在飯店大廳找到了那個麻煩。

塔潘在其中一層高平臺，坐在鋪了軟墊的圓形椅凳上，背包放在腳邊，身影部分被另一幅晶體投影像擋住。她抬頭望向我說：「喔，嗨。我其實不知道其他人到底能不能連絡上你。」

因為接駁船上沒有我，王艦就沒有管道可以看見乘客艙裡的景象。（身為一艘私人船艦卻用來當公共交通工具，這種方式若沒違法也非常灰色地帶，所以船艙裡並沒有任何維安系統或監視攝影機。）王艦直到接駁船抵達中轉環才知道塔潘沒登船。由於它對履行職責的態度非常嚴肅，還派了無人機到登機區看我的客戶下船，結果只見到顯然非常煩躁又憤怒的拉彌和梅洛，不見塔潘的身影。然後他檢查了「伊登」在社交頻道上的帳號，發現拉彌留下的訊息。（塔潘告訴他們她不舒服，要去接駁船上的洗手間。他們直到接駁船已經離開接駁口才意識到發生了什麼事。）

「他們留了訊息給我。」我本來只打算站在那裡瞪著她，這也是在客戶犯下蠢到近乎自殺行為的錯誤、還下令要我們不要阻止他們時，維安配備會做的事。但她看起來像知道自己做了蠢事，我也實在必須問，所以還是開口了。「發生了什麼事？」

她抬起頭看著我，顯然已經準備好面對不悅的反應。「我們在這裡工作的時候，我有個社交頻道的帳號，我的帳號收到一條訊息。某個替特蕾西工作的人——一個朋友——說他手上有檔案副本，他要交給我們。」她把訊息轉傳到通訊頻道上。

我仔細地檢查了訊息內容，見面時間是約在隔天。

我覺得這種時候人類應該會嘆氣，所以我就嘆了。

塔潘說：「我知道可能是陷阱，可是，萬一不是陷阱呢？我認識他，他雖然也不是什麼大好人，可是他恨特蕾西。」她猶豫了一下，「你可以幫我嗎？拜託？如果你拒絕，我也可以理解。我知道我一直……我知道這可能是個很糟糕的主意。」

我已經忘了自己可以選擇，忘了我並非一定要因為她人都在這裡了就得照著她想要的去做。聽到有人請我留下來，還說了拜託，又提供拒絕的選擇，這整件事對我的衝擊之大，就像人類問我的意見並且真的聽進去了一樣。

我又嘆了口氣。我有不少機會嘆氣，感覺越來越上手了。「我會幫妳。現在，我們得先找個地方避風頭。」

塔潘有從中轉環帶來的現金卡，這張卡沒有跟任何拉維海洛的帳戶綁在一起，所以不會被追蹤。至少她是這麼認為，而我則希望她是對的。我從沒學過任何金融系統的知識，而且反正我們的學習模組通常也都很爛，我猜就算有學過大概也沒什麼用。王艦幫我蒐集了一些資料，結果有很多種。現金卡是可以被追蹤的，但通常追蹤的單位都是非企業政府或是政府單位。我最後決定用現金卡大概不會有問題。如果那段訊息不是陷阱，特蕾西一定會認為現在我的客戶都已經回到中轉環上去了。如果是陷阱，他們就知道只要我們一走進會面點，他們就能把我們抓起來，所以也不用提早開始找我們的行蹤。

塔潘用那張卡付錢，租下港口區旁的一間短租房。在她朝機器刷卡，等著房間分配好的時候，我站在她身後打量周遭環境。短租房的房間位於一條窄小的走廊上，跟大飯店的差異，就像真正的載貨船艦和王艦之間的差異一樣大。這裡沒有維安系統可以讓我控制，只有一架監視攝影機對準入口處。我把我們倆的身影從攝影機檔案中刪除了，但我還是覺得我們——或是我——不知道哪時候開始，已經有人在監視中了。但這可能只是一臺叛變又在逃亡中的維安配備內建的偏執想法罷了。

塔潘帶我們走向房間。陰暗的走廊上還有其他人類在這裡打發時間，有些人看起來想接近她，但是在看見我之後又改變了主意。我比他們的塊頭還大，且沒了監視攝影機，我還很難控制自己的表情。

王艦說：**告訴人類不要碰觸任何表面，可能有病害媒介在上面**。

一路上，我把我在葛納卡坑發現的東西的錄影傳給了王艦。王艦說：**真是好消息**。**不是你造成的**。我同意，算是同意吧。我本來以為心裡會好過點，可是大致上來說，我只覺得糟透了。

進入房間並關好房門後，我看見塔潘的雙肩放鬆了下來，她深吸了一口氣。房間基本上只是一個盒子般的空間，櫥櫃裡放了墊子可以坐或拿來睡覺用，還有一臺小小的螢幕。沒有攝影機，沒有監聽器。有間小小的浴室相連，裡面有排廢物回收桶和一座淋浴間。至少上頭還有一扇門。我得假裝至少用個兩次。對，這就是我今天的樂子。我設定了一個行程表，訂下鬧鐘提醒我自己要做這件事。

塔潘把袋子放在地上，轉向我。「我知道你很生氣。」

我試著調整自己的表情。「我沒生氣。」我是氣炸了。我以為我的客戶安全了，我可以開始煩惱自己的問題，結果現在我身邊有個小不隆咚的人類要照顧，我也不可能拋棄她。

她點點頭，把髮辮往後撥。「我知道——我的意思是——我相信拉彌和梅洛一定都氣壞了。但是我也不是完全不會怕啊，所以這是好事。」

王艦在我的主頻道裡說：**什麼東西？**

我不知道。我回答它，然後對塔潘說：「這又怎麼是好事了？」

她解釋：「還在托嬰中心的時候，我們的媽媽都會說恐懼是一種人為反應。這是外界加諸在我們身上的，所以其實可以反抗。人都該去做會讓自己害怕的事。」

假設腦子跟交通船艦一樣大的機器人可以翻白眼，那麼王艦現在就在這麼做。我說：「這不是恐懼的用意。」公司沒幫我們上過人類進化的相關課程，但我為了搞清楚人類到底是發生了什麼事才會變這樣，在居住艙系統的知識庫裡面查過。查詢結果一點幫助都沒有。

她說：「我知道，那番話其實是想表達鼓勵而已。」她環顧四周，然後走向放了軟墊的櫥櫃。她把軟墊抽出來，狐疑地嗅了嗅，然後從包包側袋拿出一罐噴霧膠囊往上噴好噴滿。「我都忘了問，你去做了你來這裡要做的研究了嗎？」

「有，結果……還沒出來。」結果明明就超清楚的，只是不如我一心愚蠢地期待的那樣帶給我啟發的效果而已。我幫她把剩下的軟墊都拉出來。

我們在地上排好軟墊後便坐下來。她看著我，咬著唇。「你的強化部位真的很多，對吧？就是，真的超多的那種。比某些人會自願接受的改造範圍還多。」

這不是問句。「呃，對。」

她點點頭。「是發生了什麼意外嗎？」

我發現自己雙手環抱胸口，身體前傾彎曲，好像準備做出胚胎的姿態。我不知道為什麼會覺得壓力這麼大。塔潘不怕我，我也沒有怕她的理由。

也許是因為再次身處這個地方，再次看見葛納卡坑。我的有機系統中似乎有些部位還記得當時發生了什麼事。在主頻道裡，王艦播放了《明月避難所之風起雲湧》的原聲帶，說也奇怪，這滿有幫助的。

我回答：「我遇到一起爆炸，其實我身上沒剩下多少人類的部分了。」

這兩個描述都是事實。

她糾結了片刻，彷彿在想該說什麼，然後再次點點頭。「我很抱歉把你捲入這種事。我知道你提供的建議很專業，但是……我就是得試試看，我得看看這個人到底是不是真的有我們的檔案。就這次，結束後我就會回中轉環了。」

王艦在主頻道裡把原聲帶的音量調低，然後說：**年輕的人類就是衝動。最難的挑戰就是保護他們直到他們變成老的人類為止。我的組員就是這樣告訴我的，我自己的觀察也證實了這點。**

我無法推翻王艦那不在場的組員跟我們分享的智慧箴言。我想起人類有生理需求，所以我問塔潘：「妳吃過了嗎？」

她剛剛用現金卡買了些餐包，就塞在背包裡。她問我要不要吃一包，我告訴她因為身上有強化部件，必須配合特殊的飲食表，所以現在還不到我進食的時間。她欣然接受了這個說法。人類顯然不愛討論消化系統遭遇的重大傷害後果，所以我用不到王艦剛幫我搜到的那些佐證資料。我問她喜不喜歡看影劇，她說喜歡，所以我傳了些檔案到房間裡的螢幕上，我們一起看了前三集的《異星穿越者》。王艦很開心，我感覺得到它就待在我的主頻道裡，比對著塔潘和我對劇情的反應。

我們一直看直到塔潘說想試試看能不能睡著，我才關閉螢幕。她在自己的軟墊上蜷起身，我則在我的墊子躺下，繼續跟王艦一起在主頻道裡看影集。

兩小時四十三分鐘後，我發現房門外有東西發訊號敲我。

我猛然坐起身，動作大到嚇醒了塔潘。我示意她保持安靜，她便躺回軟墊上，一臉擔憂地縮在包包旁邊。我起身走向房門，側耳傾聽。我聽不到任何呼吸，但是背景聲的改變告訴我，這扇金屬門的另一頭有個實體物質。我小心翼翼地進行了有限的掃描。

對，外頭確實有東西，但是沒有武器的跡象。我檢查剛剛敲我的那個訊號，看見上頭的特徵與上次和特蕾西碰面時，我在公共區域注意到的那個訊號一樣。

那具性愛機器人就站在門的另一頭。

它不可能在這段時間一直跟蹤我，可能是一直透過監視攝影機追蹤，在我回到攝影機的範圍內之後，斷續地追蹤我在太空站的行蹤。這念頭一點都不舒服。

它一定是特蕾西的手下。如果它一直在追蹤我，可能就錯過了塔潘突然下了私人接駁船的事，但會在我和塔潘在大飯店碰面時、或是在我們來這裡的路上再次看見塔潘。

該死。

但現在我知道這件事了。如果它沒有用訊號敲我，我就不會注意到它的存在。**它來做什麼？**我問王艦。

這應該不是一個真的問句吧。王艦說。

只有一個方法能知道答案，我已讀那個訊號。

沉默延伸開來，然後對方連上我的通訊頻道。它很謹慎，連線像是在試探一樣。**我知道你是什麼**。**是誰派你來的？**

我回答：**我在執行私人簽署的合約任務。你為什麼在跟我交談？**

一起執行任務的維安配備是不會交談的，不管是語言交談還是透過頻道都一樣，除非逼不得已、必須得這麼做才能執行自己的職責的情況。執行不同任務的維安配備之間若要溝通，則會透過居住艙系統。而維安配備不會透過任何方式與安撫配備溝通。

這難道是一具叛變的性愛機器人？如果它是叛變機器人，為什麼會在拉維海洛這裡？

我不知道有誰會自願長久地留在這裡，就連人類也一樣。不，比較合理的狀況是特蕾西握有它的合約，並且派它來殺掉塔潘。

如果它想殺掉我的客戶，我會把它碎屍萬段。

塔潘依舊憂心忡忡地坐在軟墊上看著我，用嘴型朝我問：「誰在門外？」

我開了一條安全頻道跟她連線。**有人在門外，我不確定原因**。

此話大致上沒有說錯。我不想告訴塔潘來者是什麼，因為這樣一來感覺上會讓她直接聯想到我是什麼，而我不想這麼做。不過要是我要在她面前摧毀對方，那麼之後就得好好解釋一番了。

那具性愛機器人回答：**這是你**。然後傳了一份公共頻道的新聞快報副本給我。

是太空站上的新聞，來自貿太空站。這次的標題是：「當局承認一臺維安配備未受控制且行蹤不明」。

哎呀。王艦說。

我反射性關掉報導，好像這樣就可以讓報導消失一樣。驚嚇了三秒之後，我強迫自己再次點開新聞。

在他們想要人類好好聽進去而不是開始驚叫的時候，「未受控制」就是他們形容叛變維安配備的用語。這代表我駭進自己的控制元件這件事已經不僅我自己和保護育能組知道了。兩個勘測小組的生還者一定已經接受過訪談，他們還得確保讓保險公司證實他們說的是實話。

所以公司現在已經知道我駭了自己的控制元件。這件事很可怕，就算我早有心裡準備也一樣。這也是曼莎為什麼要堅持等我一結束修復重建階段，就馬上讓我脫離公司財產名單、離開出勤中心的原因之一。

有心理準備和真的看到事情發生是兩件事，這是我第一次被炸成碎片的時候學到的經驗。

我絕望地快速瀏覽一遍內容，然後再仔細讀一遍。現在還在進行中的司法糾紛和民事訴訟中，各方律師都要求保護的當局交出那臺錄下證據、讓灰軍情報罪證確鑿的維安配備。這很不尋常。維安配備又不能在法庭上作證。我們錄到的證據可以納入呈堂供證，就跟無人機或監視攝影機，或任何其他無行動能力的設備錄到的畫面內容一樣，可是我們錄下的畫面又沒有什麼個人意見或特別的動機。

在來來回回幾次之後，曼莎的律師不得不承認她已經與我失去聯繫。他們描述的方式是「有鑑於合併體在保護地法律中視為有感知意識之個體，所以這是在我同意之下的釋放決定」，但是記者也沒有被這番話騙倒。報導中有很多相關新聞連結討論合併體、討論維安配備、討論叛變維安配備。沒有任何人提到這一臺維安配備有個小問題，曾謀殺自己應該保護的客戶，但我有個預感，公司應該早已摧毀所有跟葛納卡坑相關的紀錄，以免法庭強制要求提供證據的時候必須曝光。

塔潘悄聲說：「你在跟他們，跟對方說話嗎？」

「對。」我回答她。然後我對性愛機器人說：**這篇報導很有趣，但跟我無關。**

它說：**上面講的就是你。是誰派你來的？**

我說：**那是一篇講危險的維安配備的報導，沒有人會派它到任何地方。**

我不是因為想把你抖出去才問的。我不會告訴任何人。我要問的是——沒有人類在控制你嗎？你是自由的？

我感覺得到王艦在我的主頻道裡，小心翼翼地往那具性愛機器人延伸出去。

我有客戶。我對它說。如果要讓王艦取得任何資訊，我得先想辦法讓它分心。就算它是性愛機器人，依舊是一具合併體，跟駕駛機器人相比仍然是全然不同的個體。**是誰派你來的？特蕾西嗎？**

對，她是我的客戶。

它是安撫配備，不是維安配備。派安撫配備涉入這種情況，不僅在道德層面上不負責任，也直接違反了合約條款。我猜這具性愛機器人自己也知道。

王艦說：**它沒有叛變**。**它的控制元件仍正常運作中，所以說的可能是實話**。

我問王艦：**你可以從這邊駭進它的控制元件嗎？**

王艦花了半秒思考這件事，然後回答：**沒辦法，我這裡無法固定連線**。**它可以透過切斷頻道來阻止我**。

我告訴那具性愛機器人：**你的客戶想要殺掉我的客戶**。

它沒有答話。

我說：**你跟特蕾西說了我的事**。

它一定在第一次會面就發現了我是什麼。就算它一開始不確定，在看見我對另外三個特蕾西派來的人類造成的傷害之後，絕對就能讓它確定了。我氣得咬牙，但是沒有在通訊頻道中流露出來。我跟王艦說過，我知道機器人和合併體不能相信彼此，所以我不知道自己為什麼現在這麼生氣。我希望身為合併體可以讓我比一般人類少一點不理性，但你應該已經看出來了，情況並非如此。

我說：**你的客戶派安撫配備做維安配備的工作。**

它反駁道：**她到今天才意識到自己需要維安配備**。然後接著說：**我告訴她你是維安配備，我沒有告訴她你是叛變維安配備。**

我不知道自己能不能相信它這番話。我不知道它有沒有試著解釋給特蕾西了解，這個任務有多麼不可行。**你想怎麼樣？**

沉默。過了很久，大概五秒。**我們可以殺了他們。**

嗯，這個解決之道也太不尋常。**殺了誰？特蕾西？**

所有人。這裡的所有人類。

我往牆面一靠。如果我是人類，我這時候就會翻個白眼。但如果我是人類，我可能會笨到以為這是個好主意。

我也想知道它對我的了解到底有沒有比那篇新聞快報裡面講的還多。

王艦注意到我的反應，問到：**它要什麼？**

它要殺掉所有人類。我回答。

我感覺到王艦抽象地握了拳頭。如果沒有人類，就沒有組員可以保護，也沒有做研究和填充資料庫的理由。它說：**這話也太不理性**。

我知道啊。我回答。**如果人類都死了，誰來拍影劇？**這話這麼瘋狂，聽起來就像人類會說的話。

這樣啊。

我對性愛機器人說：**特蕾西是不是覺得合併體都這樣跟彼此講話？**

又是一陣沉默，這次只維持了兩秒。**對**。然後它說，**特蕾西認為你留下來是要替工程小組偷取檔案。你在斷訊區域待那麼久做什麼？**

我躲起來掩人耳目。我知道，這謊話說出來實在有失我的水準。**特蕾西知道你想殺她嗎？**雖然那句「殺掉所有人類」可能是特蕾西說的，可是話裡面那股強度卻是真誠的，而且我不認為那態度是針對所有人類。

她知道。它頓了頓，然後說：**我沒有告訴她你客戶的消息，她以為所有人都搭接駁船走了。她只想要我跟蹤你而已。**

一組編碼從通訊頻道傳來。合併體是不會因為這樣就被惡意軟體感染的，必須從維安系統或是居住艙系統傳遞才行。而且即便是透過這兩個管道傳來，也要我啟動編碼才行，而沒有直接命令、也沒有可用的控制元件，就沒有什麼東西能強迫我照做。編碼要在我沒有出手動作的情況下啟動，唯一的辦法就是透過我的資料槽，藉由格鬥複寫模組來傳送。

編碼可能是刺殺軟體，但我也不是什麼腦袋簡單的駕駛機器人，可能只會讓我覺得超級煩而已。也許會讓我煩到扯掉這扇門、把一具安撫配備的頭扭下來。

我可以直接把編碼刪掉就好，但我想先知道這是什麼，才能知道自己要多火大。編碼體積極小，人類的控制介面可以處理，所以我把檔案轉發給了塔潘。我開口：「我需要妳幫我把這個檔案隔離起來，但先不要開。」

她在通訊頻道中接收了檔案，隨後放進暫存區。刺殺軟體和惡意軟體還有一個特點，就是它們對人類或強化人無用。

性愛機器人沒再說其他話，我傳出最後一個訊號時，剛好感覺到它從通訊頻道抽身。它踏上走廊，徒步離去。

我一直等到確認無誤之後，才從門邊退開。我猶豫著究竟要繼續待在這裡，還是要帶著塔潘離開。現在我知道有東西會駭進監視攝影機觀察我，我可以採取反擊手段。我其實應該一開始就這麼做，但是你可能已經注意到，身為一臺恐怖的殺人機，我也是滿常搞砸事情的。

「它走了，」我告訴塔潘。「妳可以幫我看一下那串編碼嗎？」

她露出人類要是認真在看頻道上的東西時會出現的停頓神情。片刻後，她說：「是惡意軟體。算是滿一般的……也許他們以為這樣能感染你的強化植入部位，不過特蕾西如果這樣想就太外行了。等等。裡面有條訊息，附著在編碼上面。」

王艦和我等著。塔潘露出了一個複雜的表情，最後顯得有點憂心。「好奇怪。」她轉向螢幕，做出一個人類把東西從頻道上傳到螢幕上時總是無法自拔、一定要做，但毫無意義的手勢。

螢幕上出現的是那條訊息，只有三個字：**救救我**。

我幫我們換了個房間，移到緊急出口旁，位於這家旅館的另一區。若是駭進去造成警報，那具性愛機器人可能會知道，所以我把進出控制盤拆下來，手動破壞了門鎖，然後再把控制盤裝上去，塔潘則負責幫我把風。我們一進房內，我就把性愛機器人講的一部份內容告訴塔潘，主要是它說特蕾西不知道塔潘在這裡的那段話。（我沒告訴她我們的訪客之所以是性愛機器人，是因為特蕾西已經發現我的身分，不想再浪費人類保鑣在我身上。）「但我們不確定到底是不是真的如此，也不知道對方會不會告訴特蕾西你在這裡。」

塔潘露出疑惑的神情。「那對方為什麼要跟你說這些？」

這是個好問題。「我不知道。對方不喜歡特蕾西，但是這可能不是唯一的原因。」

塔潘咬唇思考。「我覺得我還是應該想辦法去碰這個面。離現在只剩四小時了。」

我已經習慣人類老是想要做一些會害自己沒命的事了。也許是太習慣了。我知道我們該現在就離開，但我需要時間駭進夠多的維安系統來躲過那個性愛機器人。等我做到這點後，不多等那麼點時間去跟那個塔潘深信特蕾西不知道的人碰面，感覺上不太對。重點是塔潘深信。

實在很可能是陷阱。

我需要好好想一想。我告訴塔潘我要睡一下，然後就在我的軟墊上側躺下來。我的充電過程並不明顯，不過跟人類睡覺的樣子也不像，所以我其實是要一邊進行維安上的反擊安排，一邊在主頻道上播放一些影劇，並且用舊的模組跑一些風險評估。

三十二分鐘後，我聽到了些動靜。我以為塔潘是要起身去廁所，可是她卻是移到我身後的墊子上，差不多要碰到我的後背。我已經把我的呼吸聲調整成聽起來像是深沉平穩、已經睡著，偶而安插一點隨機的變化來增加真實度，所以我全身瞬間動彈不得的真相從外部看來並不明顯。

我從沒被人類觸碰過，或像這樣，幾乎要碰到，這感覺實在非常、非常的詭異。

冷靜點。王艦說，語氣一點幫助也沒有。

我動彈不得到連回答都沒辦法。過了三秒後，王艦又說：**她很害怕。你是安全感來源**。

我依舊處於凍結狀態，無法回答王艦，但我把體溫調高了點。接下來的兩小時裡，她打了兩次哈欠，呼吸很深沉，偶爾發出一點鼾聲。在這段時間的尾聲，我改變了自己的呼吸頻率，稍微動了動，她便立刻從我的軟墊溜回自己的軟墊上了。

這時，我已經想好了計畫，算是吧。

我說服了塔潘讓我去參與這個會面，而她該立刻登上大眾接駁船艦回到中轉環上。她很不情願。「我不想丟下你，」她說。「你之所以會被捲入這件事，都是因為我們的關係。」

這話正中我的腹部，力道強到我覺得肚子裡的所有東西都縮了起來。我只能立刻傾身假裝在袋子裡找東西，才能掩飾表情。

公司的緊急規章允許客戶在必要時拋棄他們的維安配備，就算公司可能無法去回收那些維安配備也一樣。塔潘讓我想起曼莎對我大吼著她不會丟下我的時候。我說：「妳回中轉環對我而言就是最大的幫助。」

雖然花了點時間，但我最後還是成功說服她這麼做對我們倆都是最好的。

塔潘先離開了旅館，把背包裡的兩件夾克都穿上身來改變身形，兜帽也戴了起來，擋住頭髮和臉。（這麼做主要是要讓她覺得更有自信，也因為我不想跟她多解釋為什麼我可以暫時控制住拉維海洛站內平庸維安系統的一部分。）我透過監視攝影機看著她，直到她抵達約一百公尺外的公共碼頭、走上通往登機區的步道，並且進入了預計二十一分鐘後啟程的接駁船。王艦傳訊息讓我知道它已經溜進了那艘接駁船的控制系統，再次負責守護模擬機器人駕駛的安危。然後我才動身離開旅館。

我提前準備了一套駭入監視攝影機的方式，這套方法比目前為止我所使用的方法都還要高明許多。其中包含進入運行編碼之中，讓系統進入十秒延遲，然後刪除塔潘的畫面，再用稍早的畫面片段隨機把缺漏的畫面補上。這麼做會有用，因為性愛機器人會跟我一樣，透過身形掃描來看錄影畫面。我已經不符合維安配備的身形比例了，但是自從跟特蕾西第一次碰過面之後，那個性愛機器人有大把的時間可以掃描我的新身材比例。

現在我想要讓那個性愛機器人把注意力放在我身上，而不是公共碼頭。我先讓攝影機鏡頭拍到我離開港口區，往地鐵出入口移動。然後我就開始執行駭入。

我只有百分之九十七肯定這是陷阱。

16

抵達工人區的小販售櫃臺時，一名符合塔潘傳給我的資料外型的人類已經到了。我在桌邊坐下，他抬起頭望向我，表情很緊張，蒼白的額頭上掛著汗珠。

我說：「塔潘不能來。」然後把塔潘用她的控制介面錄下的影片傳到他的主頻道上。畫面中是旅館房間，她站在我身邊，勾著我的手解釋檔案可以交給我。哇，我看起來有夠不自在的。

他看影片的時候，露出停滯的目光，然後肢體看起來放鬆了一點。他把記憶卡推過來給我。我拿起記憶卡，檢查了一下監視鏡頭。

什麼也沒有。沒有可能的威脅，沒有人露出對我們有興趣的模樣。櫃臺送了有一堆泡泡在裡頭的飲料和水生動物形狀的乾燥蛋白質來給我們。大家都忙著在吃東西和交談。走廊上或外頭的購物商圈看起來都沒有任何可疑的人，沒有人在看，沒有人在等。這不是陷阱。

那個人類有點不確定地說：「我們該點個什麼吧？假裝我們不是——你懂？」

我對他說：「沒人在看，你可以走了。」然後直接站起身。我得趕回港口區。

如果這不是陷阱，那就表示陷阱在別處。

回碼頭的路上，我檢查了一下時程表。接駁船現在已經標記為誤點。

我到了登機區的時候，正在一邊重看塔潘登上接駁船那時之後的監視錄影畫面。但我已經看到錄影畫面錄到出示港務局身分證明的人類中斷了接駁船的出發程序，並且把塔潘帶走這一段。王艦從接駁船系統中溜出來，回到我的主頻道。它說：**如果有我的武裝無人機，這事情就好辦了。**

我的目光注意到一具性愛機器人正從通到另一頭朝我走來。

性愛機器人走向我，我開口：「她在哪裡？」

「在特蕾西的私人接駁船上。我帶你去。」

我跟著它踏上通道，然後走下一道斜坡，斜坡分頭通往不同的私人接駁船艦碼頭。

王艦說：**為什麼它要讓你知道你的人類在哪裡？**

我說：**因為特蕾西不要塔潘，她要的是我。**

王艦保持沉默，我們經過私人接駁船的停泊口，往最尾端比較寬敞、更加昂貴的區域走去。然後它說：**去把你的人類帶回來，讓特蕾西後悔自己的行為。**

我們在一艘接駁船艙門入口前停了下來。外頭沒有人，大多數的人聲動靜都在碼頭另一端。性愛機器人轉過來面向我。

它攤開手掌，我認出了那個小東西——是格鬥覆寫模組。它說：「你沒先安裝這個，他們不會讓你登船。」

王艦在我的主頻道裡說：**啊。**

他們要我們上接駁船，好讓他們方便棄屍。或者說，是塔潘的屍體。顯然他們想留下我。

格鬥複寫模組裡面包含能夠奪走我的系統控制權的編碼，會覆寫控制元件和公司原廠協定，不論覆寫模組的認定對象是誰，那個人就可以對我用言語下令，透過通訊器控制。這就是灰軍情報拿下戴爾夫小組維安配備的手段，他們也企圖用這個方式控制我。

我說：「如果我接受了，他們會釋放我的客戶嗎？」

性愛機器人在通訊頻道中悄聲說：**你知道他們不會這麼做**。但面對面它卻開口大聲說：「會。」

我轉過身，讓它把覆寫模組插入我的數據槽。（王艦在幫我修改身形比例的時候，已經把數據槽連線截斷。由於我的控制元件被我駭過了，數據槽是僅存能夠對我植入控制手段的管道，所以當初就優先處理了這件事。）

覆寫模組插進數據槽中，我突然感到一陣毫不理性的恐懼。王艦一定是注意到了，因為它說：**拜託，我的醫療系統才不會出錯**。什麼事都沒發生，從我控制的監視攝影機的畫面看起來，我成功忍住了鬆口氣的神情。

性愛機器人的表情則是配備標準的自然神色，我跟著它進入了接駁船。一進艙口，就有一個人類站在那裡，全副武裝，目光緊張地在我和性愛機器人之間來回掃描。他問道：「控制住它了嗎？」

「對。」性愛機器人說。

他後退一步，下巴隨著他對通訊頻道說話而挪動。我無法在性愛機器人沒有注意到的情況下駭入任何東西，所以我只能靜觀其變。我放空臉上的表情。現在我完全不知道格鬥覆寫模組會讓我做出什麼事，但是我猜應該是會讓我受到特蕾西的控制。我懷疑不管是人類還是性愛機器人，都不確定這個程式會造成什麼樣的表現。

我們走進艙門後，艙門就重新密封上，接駁船頻道隨即響起離港通知，結尾還能清楚聽見通訊器傳來的嗶聲。特蕾西一定是收買了某人，換取立即離港許可。固定器鬆開的鏗鏘聲響過後，接駁船就滑出了停泊口。

你在我的掃描系統上。王艦說。

那個人類帶我們穿過接駁船內部。這是一艘大船，走道經過了通往內艙和引擎區的艙門後，最後來到一個寬敞的艙室空間。裡頭沿著牆面有鋪了軟墊的長椅座位，前方接近可通往船艦其他地方的艙門處有抗加速座椅。房裡還有六名陌生人類，其中四名配有武器，兩名是未配戴武器的船艦組員。其中一名武裝人類抓著塔潘的手臂，手上的發射型武器抵著她的頭。

特蕾西從一張椅子上站起身，面帶微笑地打量我。她說：「把小塔潘帶去其他艙室。我晚點想跟她聊聊她的工作內容。」

塔潘的雙眼圓睜，滿是恐懼。我維持面無表情。她試著說：「伊登，對不起！真的對不起——」但是保鑣已經把她拉到另一扇艙門外，走上了走廊。我沒有任何反應，想讓她先離開交火區。我聆聽艙門關上的聲音，然後把注意力放在特蕾西身上。

她腳步悠哉地走向我，現在露出思考的神情。我猜她臉上那勝利的笑容是因為塔潘的緣故。另外兩名沒有武器的組員一臉緊張又好奇地看著我們，武裝保鑣則依舊保持警戒狀態。

特蕾西對性愛機器人說：「你真的認為這是葛納卡坑意外事件中的其中一臺配備嗎？」

性愛機器人正要回答，但我先開口了。「但我們都知道那不是意外事件，不是嗎？」

現在大家的注意力都在我身上了。

我保持目光直視，像是一臺仍受格鬥覆寫模組控制的優良維安配備。特蕾西瞪著我看，然後她瞇起眼。「我現在是在跟誰對話？」

實在是有點好笑。「妳認為我是傀儡嗎？妳知道我們不是這樣運作的。」

特蕾西開始感到害怕了。「是誰派你來的？」

我低下頭，迎向她的凝視。「我是為我的客戶而來。」

特蕾西的下巴動了動，在通訊頻道中下令，性愛機器人側過身換成格鬥姿勢。

王艦說：**接駁船已經離港，往衛星軌道移動。你有時間讓我進入嗎？**

我說：**動作快**。然後讓王艦進入系統。

我再次體會那感覺，像是把頭壓進水底，在王艦利用我當作橋樑來與由機器人控制的接駁船連線時暫時失去反應能力。

過程很快，但性愛機器人已經趁機往我的下巴揮出一拳。一定是特蕾西下令的，配備不會主動攻擊彼此。痛是會痛，但程度只能惹火我。

看我沒有立刻反應，特蕾西便放鬆下來，咧嘴一笑。「我喜歡愛回嘴的機器人。這下有意思了——」

王艦進入了接駁船的系統，我再次恢復清楚知覺。我抓住性愛機器人的手臂，把它甩到另一頭的三名武裝保鑣身上。一人倒地，一人撞上椅子，第三人舉起武器。

我推開面前的特蕾西，一腳踩過性愛機器人，讓它重重倒回甲板上。我抓住能量武器的槍口，在對方扣下扳機時把槍口往上一扭。火力直接擊中弧形天花板。我把武器從他手中扯下，讓他的肩膀關節和至少三根手指脫臼，然後把他的頭往控制臺一撞。

已經倒地的那個保鑣手上抓著發射型武器，我感覺到兩次衝擊，一次在身側，一次在大腿上。這才是真正會痛的攻擊。我伸長右手臂，發射內建的能源武器，兩發擊中了對方的胸口。

接著我側身躲開一發撞上椅子那名保鑣方發射的能源武器攻擊，我的第三發則擊中他的肩膀。我把能源發射面積縮得很小，這樣的攻擊會形成很深的灼燒傷口，通常能讓人類感到驚嚇及疼痛，還有，胸腔被燒出一個洞，導致失去行為能力。

我轉過身，把搶來的槍往旁邊一丟。第一個未武裝的人類倒在甲板上，背上有個冒煙的傷口。保鑣沒打中我的那一槍擊中了她。第二人飛撲到艙室另一頭，想要撿起一把掉在地上的發射型武器，所以我朝著她的肩膀和腿部各開一槍。

性愛機器人翻身坐起，朝我衝來，我抓住它往後以背著地，把它從我上方甩過去。接著我翻身而起，膝蓋跪地，但右大腿上的傷口讓我無法立刻站起來。性愛機器人馬上坐起身，我抓住它的腿，把它的膝關節扭脫臼。它倒地後，我把它的左肩關節也拆了。

我把性愛機器人壓在甲板上，轉頭看見特蕾西要去撿掉在地上的武器。我開口：「妳要是再去碰那把武器，我就拿它射妳的肋骨。」

她不敢再動，因為恐懼而氣喘吁吁地瞪著我。我說：「叫妳的性愛機器人不要再打了。」

它還在掙扎著想起身，這樣只會讓它傷得更重。尤其是如果它再次惹毛我的話。

特蕾西慢慢坐起身，下巴動了動，然後性愛機器人便放鬆下來。我說：**王艦，切斷特蕾西的主頻道**。

完成。王艦回答。

頻道被切斷的時候，特蕾西皺了皺眉。我告訴特蕾西：「給那具性愛機器人語音指令，叫它聽從我的命令，直到新的指令下來為止。妳要是敢下其他指令，我就把妳的舌頭拔出來。」

特蕾西吐了口氣，然後說：「配備，聽從這個發瘋的叛變維安配備的指令，直到新的指令下來為止。」然後她對我說：「你的威脅用語實在該再練練。」

我伸手抓住離我最近的椅子，使力讓自己站起身。「我不是威脅妳，我只是在告訴妳接下來我會做的事。」

聞言，她緊緊咬牙。現場兩名人類已經沒了呼吸，分別是沒有武裝、卻在保鑣瞄準我時被擊中的那位，還有我擊中的第一位。特蕾西沒有注意到。

我低頭看著性愛機器人，它望著我。「留在原地不要動。」我說。

它在主頻道上表示收到。我跨過它，抓起特蕾西的手臂，拖著她走過走廊，往她的保鑣帶走塔潘的方向前進。

她很快地說：「所以你是自由個體，對嗎？我可以給你工作，你想做什麼都可以——」

妳才沒有我要的東西。「妳從頭到尾只需要給他們那個該死的檔案，我們就不會走到這一步了。」

她露出震驚且難以置信的神情看著我。我猜不論到底有沒有叛變，我聽起來不都像她心裡想像的那種維安配備吧。

人類真的應該多做點研究。她只要用心看看使用說明手冊就能知道，不要隨便搞我們。

特蕾西停在一扇緊閉的艙門前，出聲道：「巴桑，是我。」然後按下開啟。艙門往一旁滑開。

塔潘半躺著倒在底端的床上，鮮血流過T恤上的小花圖樣，她的手壓著身側的傷口，有些血滴濺到她露出的棕色手臂上。小小的艙室裡，她沉重的呼吸聽起來特別大聲。保鑣睜大了雙眼，瞪著我們。

「他聽見槍響的時候就慌了，」特蕾西急著說。「你不能——」

喔，我當然可以。

保鑣舉起槍，我把特蕾西拉過來擋住我。數槍攻擊直接打在她背上，不過我早就把她的氣管捏爆了。我穿過艙室的時候，胸口中了發射型武器的一槍，我把保鑣甩上另一邊的艙壁，手臂往上抵住他的下巴，然後扣下我自己的能源武器扳機。

我後退一步，任憑對方的軀體跌落地面。

我轉身朝塔潘彎下腰，口氣愚蠢地說：「是我。」

她的雙眼緊閉，氣息從緊咬的牙關間進出。我伸手壓住傷口，止住出血，然後說：

王艦，幫幫我。

王艦說：**我已經把接駁船改向，往中轉環移動，到那裡我可以把接駁船跟我對接。預計抵達時間是十七分鐘。醫療系統已經準備好在等你們了。**

我在塔潘身邊重重坐下。她的意識模糊，只能勉強伸出手來捏捏我的手。我把那無用的格鬥覆寫模組從後頸拔出來，往旁邊一扔。

我犯下一個大錯，事後看來簡直明顯得不得了。我從一開始就知道，邀請他們來用簽約獎金交換檔案是個陷阱，那時我就該說服拉彌和其他人不要回到拉維海洛來。我假裝的那個強化人維安顧問就會做出這樣的建議。我已經習慣聽從人類的命令行事，然後再去想辦法緩解他們的愚蠢想法對自己造成的傷害。但我想再跟團隊合作一次，我喜歡他們願意聆聽我的意見的感受，我把自己要來拉維海洛的需求放在我的客戶安危之前。

我當維安顧問的能力就跟隨便一個人類一樣爛。

17

我們快到中轉環的時候，王艦已經幫我們在港務局這裡完成了停泊手續。本來如果沒有事先提出，接駁船是不能跟交通船艦對接的，但是王艦處理好了核准文件，並假造艦長的主頻道特徵，付了未先提前通知行程的罰款。對方沒有任何懷疑，沒有人知道交通船艦居然能具備這麼高級的機器人，可以在頻道上假扮人類。我自己就絕對沒料到。

兩艘船艦的接駁口並不相容，但是王艦解決了這個問題，把接駁船拉進一個空間，這裡本來是要放實驗室用的。它把接駁船安置好，將整個空間充滿氣壓，然後完成減壓艙循環，打開了我們的艙門。我立刻起身，抱著塔潘進入船艙主空間之中。安撫配備就跟在我身後。

我走進手術室、把塔潘放在手術臺上的時候，醫療系統已經準備好了。無人機在我身邊飛來飛去，我連上醫療系統的頻道，聽命脫除塔潘的鞋子和衣物。醫療艙蓋上之後，我便沉坐在手術臺旁。

她已經失去了意識，醫療系統讓她維持昏迷狀態，進行評估並開始治療。兩架醫療無人機在我身邊飛行，一架開始處理我的肩膀，另一架則戳弄著我大腿上的傷勢。我無視它們。

一架體積大一點的無人機飛了進來，提著塔潘的包包、沾了血的夾克，和我的小背包。王艦很快地給我看了一下其他無人機此時在接駁船上拍到的畫面。接駁船上有四名人類還活著，不過都已經失去意識。王艦派了無人機去洗刷、清潔接駁船內部，處理掉我和塔潘遺留的漏液和血跡。王艦已經把模擬機器人駕駛的記憶和任何維安相關的資料都刪除。它同時還假造了其中一名死亡人類的主頻道特徵，正在跟中轉環航務局輕鬆地閒聊。

我看著無人機完成工作並撤離接駁船，然後王艦再次把接駁船密閉好，設定了回拉維海洛的飛行計畫內容，將船艦重新送上航道。船上的模擬機器人駕駛會自己停靠接駁船，上頭載滿了重傷的人類，在他們全都恢復意識、說出自己的經歷之前，沒有人會知道這一切不是他們自己造成的。不過這些人之中恐怕有人會不想說出自己曾經協助綁架其他人類的事。不論後來如何，都能爭取足夠的時間，讓我們離開這裡。

我問王艦：**你怎麼知道要怎麼做？**雖然我已經知道答案了。

它知道我知道，但是它還是說了：**《明月避難所之風起雲湧》第一百七十九集**。

安撫配備跪在我身邊。「我可以幫什麼忙嗎？」

「不行。」醫療無人機現在都夾在我身上，要把發射型武器挖出來，我身上的液體則在王艦的手術室地板上漏得到處都是。麻醉劑讓我有點麻木。「你怎麼知道我是葛納卡坑的配備？」

它說：「我看見你在那個車站下了地鐵。那地方沒別的東西了，葛納卡坑也已經不在歷史資料庫裡面，可是人類之間依舊會流傳那些恐怖故事。如果你真的是一臺叛變配備，沒有人下令要你去那裡，那有百分之八十六的機率指出，你到那地方去的原因，是你曾經是事件中的配備之一。」

我信了。「放下你的防火牆。」

它依言照做，我沿著通訊頻道進入了對方腦中。我感覺得到王艦跟我一起行動，提防著任何陷阱。但我找到了控制元件，並把開關關掉，然後又回到自己體內。

安撫配備往後一倒，一屁股重重地坐在甲板上，盯著我看。

我說：「你走吧，不要再讓我看到你。也不要傷害這個中轉環上的任何人，否則我會把你找出來。」

它站起身，有點重心不穩的感覺。更多王艦的無人機飛過來盤旋，確保它不會試圖破壞任何東西，並把它護送到門邊。它跟著無人機的指引，沿著走廊離開了。我透過王艦的系統頻道，看著它穿過主艙門，完成氣壓循環後就踏出去，上了中轉環。

王艦用減壓艙攝影機看著它離開。王艦說：**我以為你會毀了它。**

我實在太累、太麻痺，不想說話，只在頻道上發送了否定訊號。當時它別無選擇，而考慮到它的意願，我也沒有把它的控制元件破壞掉。我這麼做，是看在那四具葛納卡坑裡的安撫配備的份上。它們沒有收到任何命令或指令要求它們採取行動，卻還是自願地迎上那些殺人機器，只是因為想要救下我和站點內其他人存活下來的人類。

王艦說：**你現在可以上去另一張手術臺了。接駁船很快就會降落，還有很多證據等著摧毀呢。**

塔潘醒過來的時候，我就坐在醫療系統的手術臺上，握著她的手。

醫療系統已經修復好我的傷口，我也把血跡都清洗掉了。擊中我的發射型武器和我發射自己的能源武器時，都在衣服上留下了破洞，王艦從回收機中拿出了一套新的衣服給我。基本上就是王艦的組員制服，不過上面沒有商標：有許多可密封口袋的長褲、長袖上衣有夠高的衣領可以擋住我的數據槽，還有軟帽兜夾克，所有的衣物不是深藍色就是黑色。

我把我那套血淋淋的衣物丟進回收槽，這麼一來王艦內部的廢物回收利用程度就會持平，王艦也不用假造數字紀錄。

塔潘對我眨眨眼，一臉疑惑。「呃。」她說，然後捏捏我的手。藥物讓她的神情顯得很茫然。「發生了什麼事？」

我說：「他們再次企圖殺掉我們，所以我們只得離開。我們已經回到中轉環了，現在在我朋友的船艦上。」

她想起發生的事，睜大了雙眼。她皺眉低聲說：「一群王八蛋。」

「妳朋友說的是實話，他把你們的檔案給我了。」我拿起記憶卡，讓她看見我把記憶卡放進她裝控制介面的包包口袋。我已經檢查過，確認沒有惡意軟體，也沒有追蹤器。「這艘船艦很快就要離開了。我需要妳連絡拉彌和梅洛來登機區外面跟我們碰頭。」

「好。」她撥弄了一下耳朵，我把藍色的頻道控制介面交給她。這是其中一架王艦的無人機在特蕾西的口袋裡找到的。她接過控制介面，準備放回耳朵裡，然後猶豫了一下。「他們一定會氣炸的。」

「對，他們一定會。」我覺得他們會很高興見到她還活著，所以不會生氣。

她露出難過的神情。「對不起，我真的該聽你的才對。」

「不是妳的錯。」

她皺起眉頭。「我覺得是耶。」

「是我的錯。」

「那就是我們倆都有錯，但是我們不要告訴別人。」塔潘這麼決定，然後把控制介面塞進耳朵裡。

我把船艦上我用過的區域都很快地巡了一次，確認所有東西都已經物歸原位。王艦的無人機已經來過了，把塔潘血跡斑斑的衣物拿去清潔，並且消毒所有表面，這麼一來就算有人想蒐證也不會找到任何線索。不過王艦倒也沒打算在這裡停留到調查展開的時候。我們全都要立刻離開，但王艦認為要有備案計畫。我準備拿掉王艦給我的通訊控制介面。「這個也要清潔。」

不用，王艦說，留著吧。也許有一天我們會再次進入聯繫範圍。

醫療系統已經自動消毒，並刪除我的身型改造紀錄和針對我和塔潘所提供的急救紀錄。她從浴室出來的時候，我已經在等著她了。無人機跟在她身後清理所有的痕跡，然後她說：「我好了。」她已經把舊衣物塞進背包，現在身上穿著乾淨的一套。她的神情看起來還是有點茫然。

我們一起走出去，減壓艙門在我們身後重新密封上。我連上了登機區的監視攝影機，而王艦也已經開始編輯自己的艙門攝影畫面，抹去我們曾登艦的紀錄。

我們跟拉彌、梅洛和其他小組成員在登機區外的餐區旁見了面。拉彌傳訊息告訴我，他們已經買好了客船的票，一小時內就會離開。他們熱情地跟塔潘打招呼，一邊流眼淚、一邊互相提醒不要太用力擁抱塔潘。

我已經跟他們說過，不要在公開場合討論這整件事。拉彌轉過身來，交給我一張現金卡。「你的朋友王艦說用這個方法付你錢比較好。」

「對。」我接過卡片，放進拉鍊口袋裡。

現在他們全都看著我，實在是讓人很緊繃。拉彌說：「所以，你要走了嗎？」

我已經看上了一艘要去我想去的地方的貨船。要是幸運的話，他們走後幾分鐘，我也就能離開了。「對，我該加快動作了。」

「我們可以抱抱你嗎？」梅洛放開塔潘，面向我。

「呃。」我沒有後退，但應該可以很明顯看出來答案為否。

梅洛點點頭。「好吧，這是要給你的。」她用雙臂環住自己，然後緊緊抱了一下。

我說：「我得走了。」然後走進了購物中心。

已經鬆開固定器，慢慢離開的王艦在我的主頻道裡說：**小心點，去找你的組員吧。**

我點選已讀，因為不論我試著說什麼，聽起來都會既蠢又情緒化。

我不知道我現在要做什麼，不知道我到底要不要照計畫行事。我本來希望弄清楚葛納卡坑發生過什麼事之後，其他事情就能跟著有答案，但是也許像那樣的恍然大悟只會出現在影劇裡面。

說到影劇，我得在出發前先多下載一點檔案。

這次的旅程會很漫長。

高寶書版集團
gobooks.com.tw

TN 268
厭世機器人 I 系統異常自救指南
ALL SYSTEMS RED & ARTIFICIAL CONDITION

作　　者　瑪莎・威爾斯（Martha Wells）
譯　　者　翁雅如
主　　編　謝夢慈
編　　輯　林雨欣
美術主編　林政嘉
排　　版　彭立瑋

發 行 人　朱凱蕾
出　　版　英屬維京群島商高寶國際有限公司臺灣分公司
　　　　　Global Group Holdings, Ltd.
地　　址　臺北市內湖區洲子街 88 號 3 樓
網　　址　www.gobooks.com.tw
電　　話　(02) 27992788
電　　郵　readers@gobooks.com.tw（讀者服務部）
　　　　　pr@gobooks.com.tw（公關諮詢部）
傳　　真　出版部　(02) 27990909　行銷部 (02) 27993088
郵政劃撥　19394552
戶　　名　英屬維京群島商高寶國際有限公司臺灣分公司
發　　行　希代多媒體書版股份有限公司 /Printed in Taiwan
初版日期　2020 年 7 月

國家圖書館出版品預行編目 (CIP) 資料

厭世機器人 . I, 系統異常自救指南 / 瑪莎 . 威爾斯 (Martha Wells) 著 ; 翁雅如譯 . -- 初版 . -- 臺北市 : 高寶國際 , 2020.07
面 ;　公分 . --

譯　自 : All systems red & artificial condition: the murderbot diaries.

ISBN 978-986-361-844-7(平裝)

874.57　　109005957